Das Schlimmste war der Ausdruck
auf den Gesichtern der Kinder.

Mark Childress: Verrückt in Alabama

Brigitte Blobel
wurde 1942 in Hamburg geboren. Nach dem Studium der Theaterwissenschaften, Politik und Zeitungswissenschaften arbeitete sie als freie Journalistin für verschiedene Zeitschriften. Bis heute hat Brigitte Blobel neben vielbeachteten Reisereportagen und Drehbüchern zahlreiche Romane für Erwachsene und Jugendliche veröffentlicht, für die sie bereits mehrfach ausgezeichnet wurde. Sie lebt heute in ihrer Heimatstadt Hamburg.

Brigitte Blobel

Nichts als Lügen

Wenn Eltern auseinander gehen ...

SCHNEIDER BUCH

Die Deutsche Bibliothek – CIP-Einheitsaufnahme

Blobel, Brigitte:
Nichts als Lügen : [wenn Eltern auseinander gehen ...] /
Brigitte Blobel. – München : Egmont Schneider, 1999
(Gefühlssachen)
ISBN 3-505-11015-9

Dieses Buch wurde auf chlorfreies, umweltfreundlich hergestelltes Papier gedruckt. Es entspricht den neuen Rechtschreibregeln.

Der Schneider Verlag im Internet:
http://www.schneiderbuch.de

Erstmals erschienen 1988 unter dem Titel: Eine Tür fällt zu
Titelfoto: Daniel Kraus
Umschlaggestaltung: ART-DESIGN Wolfrath, München
Herstellung: Gabi Lamprecht
Satz: FIBO Lichtsatz GmbH, Unterhaching
Schrift: 11˙ Garamond
Druck: Presse-Druck, Augsburg
Bindung: Conzella Urban Meister, München-Dornach
ISBN 3-505-11015-9

99 00 / 8 7 6 5 4 3 2 1

Nele wusste, dass es wieder so kommen würde. Jeden Morgen, wenn sie im Bad in Ruhe ihre Haare fönen wollte, trommelte Jan an die Tür. Und dann hörte sie seine Stimme, ein bisschen verschlafen, aber schon zornig und auf alle Fälle laut genug, dass jeder im Hause es hören konnte: „Ich bin gespannt, wann das Weib endlich mal kapiert, dass das Bad nicht für sie allein da ist."

Der Fön blies warme Luft an Neles Ohr. Den Kopf vornübergebeugt, bürstete sie ihre Haare mit gleichmäßigen, energischen Strichen vom Nacken zum Haaransatz. Das ergab eine richtige Löwenmähne, wenn sie sich aufrichtete. Eine schöne, goldblonde Löwenmähne. Auf ihre Haare war Nele sehr stolz, deshalb gab sie sich morgens auch solche Mühe damit.

Diesen Zusammenhang durchblickte ihr Bruder Jan natürlich nicht. Jan war zwölf, zwei Jahre jünger als sie, und er schenkte seinem Spiegelbild pro Tag nie mehr als einen Viertelsekundenblick. Es war ihm vollkommen egal, wie er aussah.

„Mensch, Nele, beeil dich! Soll ich hier draußen Wurzeln schlagen? Lass mich wenigstens meine Zähne putzen!"

Das Trommeln von Jans Fäusten wurde immer herrischer, und gerade als Nele den Fön ausstecken wollte, um die Badezimmertür aufzuschließen, hörte sie auch schon die gereizte Stimme ihrer Mutter.

„Nele, es ist wirklich unerträglich mit dir! Musst du denn jeden Morgen mit deinem Bruder streiten? Kann man nicht ein einziges Mal in der Früh seine Ruhe haben?"

Nele öffnete wütend die Badezimmertür. Sie hatte sich das große, hellblaue Frotteetuch, das sie zum Geburtstag geschenkt bekommen hatte, um den Körper gewickelt. In der Hand hielt sie noch den Fön. Sie starrte ihren Bruder feindselig an.

„Ich streite doch gar nicht!", schimpfte sie. „Kein Wort hab ich gesagt. Jan macht doch immer diesen Terror."

„Na klar, weil du dich jeden Morgen im Bad einschließt! Und ich kann mir draußen die Beine in den Bauch stehen!", entgegnete Jan heftig.

Neles Mutter schob ihn energisch ins Bad. „So. Jetzt beeil dich, und hört endlich auf mit dieser Streiterei. Und du, Nele, komm ja nicht auf die Idee, schon wieder eine frisch gebügelte Bluse anzuziehen."

Nele hatte sich gerade überlegt, dass sie heute zu ihren Jeans die rosa-weiß gestreifte Bluse mit dem Rüschenkragen tragen wollte. Es passte zu diesem Tag, dass nicht einmal das gelingen würde!

„Und wieso nicht?", fragte sie schmollend.

„Weil ich nicht eure Haushälterin bin!", erwiderte ihre Mutter gereizt. „Ich bin es leid, ständig hinter euch herzuräumen und eure Sachen in Ordnung zu halten."

Nun erschien auch der Vater im Flur. Er knöpfte sich gerade das Hemd zu.

„Hier fehlt ein Knopf", sagte er. „Kann mir jemand den mal schnell annähen?"

„Das macht Nele“, bestimmte die Mutter.

„Zieh nicht so ein Gesicht“, sagte ihr Vater, „so schlimm ist das ja wohl nicht, wenn man seine Tochter um einen kleinen Gefallen bittet. Was tun wir nicht alles für euch, immerzu, den ganzen Tag.“

„Okay, Paps, ist schon gut“, murmelte Nele. „Gib das Hemd her.“

Während sie auf dem Bettrand saß und den weißen Faden durch das Nadelöhr fädelte, dachte sie über den Zusammenstoß mit Jan nach.

Wieso reg ich mich eigentlich jeden Morgen so auf? Ich sollte alles viel gelassener nehmen und lieber an etwas Schönes denken. An heute Nachmittag zum Beispiel. An die Jazzgymnastik mit Carla. Stattdessen fiel ihr die bevorstehende Mathearbeit ein. „Wenn's doch schon vorbei wäre“, murmelte sie vor sich hin.

Nele versuchte sich auf ihren Kaffee zu freuen. Der heiße Kaffee besänftigte sie immer. Dazu aß sie ein Müsli. Bedächtig kaute sie die Körner und Nüsse. Wenn sie auf eine süße Rosine traf, kam ein kleines erfreutes Strahlen in ihre Augen. Jan strich genüsslich sein Nutellabrot, ihr Vater las in der Zeitung, und ihre Mutter ließ sich ein Ei schmecken. Alles war friedlich und ruhig, aus dem Küchenradio erklang leise Musik, und draußen war Sommer.

Plötzlich legte ihr Vater die Zeitung zur Seite. „Ach, da fällt mir ein, ich brauch ja heute die Unterlagen der Reiseagentur für die Türkeireise. Wo hast du die Akten hingelegt?“

„Wieso denn ich?“, fragte Neles Mutter. „Seit wann bin ich für deine Akten verantwortlich?“

„Ich habe sie dir doch am Wochenende gezeigt! Du musst sie weggeräumt haben!“ Seine Stimme wurde immer gereizter.

„Typisch, jetzt bin ich wieder schuld! Sicher hast du sie in den Wohnzimmerschrank gelegt.“ Frau Bruckner seufzte. „Ich schau schon nach“, sagte sie matt.

Nele und Jan frühstückten weiter. Jan hatte inzwischen sein Comic-Heft neben die Tasse gelegt und sich in eine Geschichte vertieft, von der Nele schon von weitem sah, dass sie ziemlich doof war.

Im Wohnzimmer hörte Nele die Eltern weiter streiten.

„Früher“, sagte Nele nachdenklich, „war hier eine andere Stimmung. Früher habe ich mich immer auf das Frühstück gefreut. Du doch auch, oder?“

„Ich hab keine Ahnung, wovon du redest“, sagte Jan gleichmütig.

„Mann, Jan! Tu doch nicht so! Ich weiß doch, dass dich das alles genauso nervt wie mich.“

Die Stimmen aus dem Wohnzimmer, gereizt und unfreundlich, wurden lauter.

„Hör doch mal“, sagte Nele.

„Wieso soll ich mir das anhören?“

Nele warf ihrem Bruder einen kurzen Blick zu, dann kaute sie bedächtig weiter an ihrem Müsli.

Es stimmt, dachte sie, früher hab ich mich immer auf das Frühstück gefreut. Mama hatte gute Laune, so eine richtige Frühaufsteherlaune, und wenn Papa runterkam, ist er immer erst zu ihr in die Küche gegangen und hat ihr einen Kuss gegeben, bevor er sich an den Tisch gesetzt hat. Damals hat er sich nicht hinter der

Zeitung verschanzt, sondern mit uns geredet. Und wenn er aus dem Reisebüro berichtet hat, dann war Mami immer richtig interessiert. Das hat ihr Spaß gemacht, das merkte man. Jetzt tut sie immer so, als ginge sie das alles überhaupt nichts an. Und immer häufiger spricht sie davon, dass es ein Fehler war, den eigenen Beruf einfach aufzugeben. Goldschmiedin war sie gewesen. Der Mondsteinring, den Nele am linken kleinen Finger trug, war von ihr. Ein besonders schöner Ring. „Ein Glücksbringer", hatte die Mutter gesagt, als sie ihn Nele zum vierzehnten Geburtstag geschenkt hatte. Verschämt drückte Nele den Ring an die Lippen.

„Heute musst du mir Glück bringen", murmelte sie. „Bei dieser blöden Mathearbeit ..."

„Ich muss los", sagte sie dann zu ihrem Bruder.

Jan nickte, ohne aufzusehen. „Ciao, Schwesterherz", murmelte er.

Im Stehen trank Nele noch einen Schluck Kaffee. „Wir schreiben heute Mathe", sagte sie.

„Viel Spaß", erwiderte Jan und las ungerührt weiter.

„Algebra", sagte Nele.

„Mhm", machte Jan.

„Ich versteh nur leider gar nichts. Die ganze Woche habe ich gebüffelt, aber jetzt ist es in meinem Kopf leer wie in der Wüste."

Jan sah auf. Er feixte. „Hat es in deinem Kopf je anders ausgesehen?"

„Du bist blöd!", sagte sie wütend. „Mit dir kann man überhaupt nicht reden. In dieser Familie interessiert sich allmählich niemand mehr für den anderen."

Jan schaute seiner Schwester hinterher. Er lachte.

„Nimm das Leben nicht so ernst, Nele", rief er gutmütig. „Das lohnt sich nicht."

„Ha!", schnaubte Nele. „Weil du mit deinen zwölf Jahren ja so genau weißt, wo's langgeht."

Sie nahm ihre Tasche und verließ das Haus.

In der ersten Stunde hatten sie Englisch bei Frau Siemers. Nele mochte die Lehrerin sehr gerne. Sie war jung und kameradschaftlich. Und für eine Weile vergaß Nele sogar, dass in den nächsten beiden Stunden die Mathearbeit bevorstand.

Als aber der Mathelehrer Dr. Martens mit einem Stapel fotokopierter DIN-A4-Seiten in die Klasse stürmte und sie sofort verteilen ließ, merkte Nele plötzlich, wie sich ihr Magen zusammenzog. Sie presste die Hände gegen den Bauch und versuchte, ganz ruhig und tief zu atmen.

Dr. Martens wanderte vor seinem Pult auf und ab und gab letzte Anweisungen. Über die Aufgaben, über die Arbeitszeit, über die Punkteverteilung. Er ermahnte die Schüler, nicht bis zum Rand zu schreiben. „Denn sonst", sagte er grinsend, „habe ich ja gar keinen Platz mehr für meinen schönen roten Filzstift."

Als Nele an die letzte, von roter Tinte bedeckte Arbeit dachte – sie hatte damals das schlechteste Ergebnis der ganzen Klasse gehabt –, wurden die Bauchkrämpfe noch stärker. Für einen Augenblick schloss sie die Augen. Als sie wieder aufschaute, sah sie rote Ringe und Punkte.

Sie zwang sich, ruhig zu atmen.

„Die erste Aufgabe", sagte der Lehrer fröhlich, „ist

zum Eingewöhnen, ganz leicht. Die solltet ihr in zwei bis drei Minuten lösen können. Erinnert euch nur an das, was wir in der letzten Stunde so eingehend besprochen haben."

Nele wagte einen Blick auf die Aufgabe. Sie konnte sich überhaupt nicht erinnern, was in der letzten Stunde besprochen worden war. Ihr Gehirn war wie ausgewaschen.

„Die zweite allerdings", fuhr der Lehrer fort, „erfordert schon ein bisschen Köpfchen. Das ist eine knifflige Sache. Aber wenn ihr logisch denken könnt, ist sie babyleicht. Ihr müsst nur den richtigen Ansatz finden."

Ein Stöhnen ging durch die Klasse. „Kapierst du was?", flüsterte Tatjana, die am Nebentisch saß, Nele zu.

Nele war kreidebleich. Sie schüttelte mühsam den Kopf. Es gelang ihr kaum, die Buchstaben und Zahlen richtig zu lesen. In ihrem Magen hatte sich ein Klumpen gebildet, der wie ein glühender Stein nach allen Seiten ausstrahlte. Am liebsten hätte sie laut gestöhnt.

Der Lehrer ging mit auf dem Rücken verschränkten Armen durch die Tischreihen. Neben Nele blieb er einen Augenblick stehen.

„Alles klar?", fragte er.

Nele schaute nicht auf. Sie nickte stumm.

„Dieses Mal muss es etwas besser klappen", sagte der Lehrer, nicht ohne Freundlichkeit. „Noch so eine Niete wie letztes Mal, und ich sehe für uns schwarz. Also", er legte ihr flüchtig die Hand auf die Schulter, „Kopf hoch, Mädchen! Ist gar nicht so schwer, wie's aussieht."

Nele presste die Lippen zusammen. Sie nahm ihre Kulis und Bleistifte aus dem Federmäppchen und versuchte dann, die Hände auf die Tischplatte gepresst, im Kopf die Lösung der ersten Aufgabe zu finden.

Zehn Minuten vor Ende der Stunde hatte Nele erst die Hälfte der Aufgaben gelöst. Und sie war beinahe sicher, dass alle, ausgenommen vielleicht die erste Aufgabe, falsch waren. Inzwischen hatte sie solche Bauchschmerzen, dass sie leise vor sich hin stöhnte.

Tatjana warf ihr immer wieder besorgte Blicke zu. „Geht's dir nicht gut?", flüsterte sie.

„Ich hab so Bauchschmerzen", gab Nele gequält zurück.

Der Lehrer, der das Flüstern gehört hatte, schaute auf.

„Hatten wir uns nicht geeinigt, dass kein Wort gesprochen wird?", fragte er streng.

„Wir haben nicht über die Arbeit geredet", sagte Tatjana. „Der Nele geht es nicht gut."

Der Lehrer schaute Nele an. „Stimmt das?"

Nele hob nur die Schultern, ohne zu antworten.

„Bist du schon fertig?", fragte der Lehrer.

„Nein", brachte Nele heraus.

„Also gut, dann beeil dich. Nach der Stunde kannst du nach Hause gehen. Ich trag's ins Klassenbuch ein, dass ich es dir erlaubt habe."

„Danke", flüsterte Nele. Sie beugte sich über die nächste Aufgabe und wunderbarerweise fiel ihr die Lösung plötzlich ganz leicht.

Nele schob das Rad langsam den Bürgersteig entlang. Ihre Bauchschmerzen waren noch unvermindert stark.

Dennoch ging es ihr jetzt, wo sie die Schule und die Klassenarbeit hinter sich hatte, schon ein bisschen besser.

Es war ein sonniger Tag. In den Vorgärten blühte der Flieder, und riesige Büsche von Weißdorn und Goldregen neigten sich ihr über die Gartenzäune entgegen.

Der Postbote auf seinem gelben Fahrrad winkte freundlich, und die alte Frau mit ihrem dicken, weißen Pudel lächelte ihr zu.

Nele bog in die Garageneinfahrt zu ihrem Haus ein, lehnte das Rad gegen das geschlossene Tor, nahm die Tasche vom Gepäckträger und ging über den frisch gemähten Rasen um das Haus herum.

Die Terrassentür stand weit offen, aber erst als Nele durch die Tür ins Wohnzimmer trat, hörte sie, dass ihre Mutter weinte.

„Mama!“, rief Nele erschrocken.

Sie bekam keine Antwort, nur das Schluchzen setzte für einen Augenblick aus.

„Mama?“ Nele durchquerte das Wohnzimmer und betrat den Flur. Wieder das laute verzweifelte Schluchzen, das Neles Mutter offenbar nicht unterdrücken konnte. Verwirrt lief Nele in die Küche. Ihre Mutter saß, die Arme aufgestützt, am Esstisch, auf dem noch die Reste des Frühstücks standen. Ihre Augen waren ganz rot, die Wimperntusche war verlaufen und überzog das Gesicht nun mit einem Netz haarfeiner schwarzer Spuren.

Jutta Bruckner schaute ihre Tochter mit einem Blick an, als ob sie Nele gar nicht erkannte.

„Mama!“, rief Nele bestürzt. Sie war so durcheinander, dass sie wie angewurzelt stehen blieb. Sie wusste nicht, was sie tun sollte.

Plötzlich fuhr sich Jutta Bruckner mit den Händen über die Augen und sagte: „Ach, du bist es, Nele.“

Sie versuchte ein Lächeln.

Nele lief zu ihrer Mutter, umarmte sie und gab ihr einen Kuss auf das tränenverschmierte Gesicht.

„Was ist denn? Warum weinst du so, Mama?“, fragte sie.

Nele konnte sich nicht erinnern, wann sie ihre Mutter zuletzt in Tränen gesehen hatte. Doch – damals, als der Großvater gestorben war. „Warum weinst du?“, fragte sie noch einmal mit hoher Stimme.

Neles Mutter wurde wieder von einem Weinkrampf geschüttelt. Nele presste ihre Arme um den Körper der Mutter, als könne sie so ihre Tränen aufhalten.

„Wieso kommst du schon nach Hause?“, war die einzige Antwort der Mutter.

„Mir ging's nicht gut“, murmelte Nele. „Ich hatte solche Bauchschmerzen.“

Die Mutter hatte ihr offenbar gar nicht zugehört. Sie starrte vor sich hin, über den verwüsteten Frühstückstisch mit den Kaffeeresten in den Tassen, der weichen Brotwatte, die Neles Vater immer aus den Semmeln klaubte und an den Tellerrand legte, mit Jans Comic-Heft, das mit einer Ecke in die Butter ragte, und dem Teelöffel auf dem Teller, von dem eine dünne Honigspur auf das Tischtuch getropft war.

Mechanisch begann Nele aufzuräumen.

„Warum sagst du mir nicht, warum du so traurig bist?“, fragte sie, während sie das Geschirr in die Spülmaschine räumte.

Ihre Mutter seufzte tief. „Ach, Kind“, sagte sie nur.

„Ich bin kein Kind mehr“, erwiderte Nele.

Die Mutter schaute sie gedankenverloren an. Und dann seufzte sie wieder und wiederholte, noch einen Ton verlorener und trauriger: „Ach, Kind ...“

In diesem Augenblick hörte Nele den Wagen. Er bremste scharf in der Garageneinfahrt, eine Tür schlug zu, und sie hörte die schnellen Schritte ihres Vaters, der über die Stufen zur Haustür sprang. Als sich die Tür öffnete, erschrak Nele über das Aussehen ihres Vaters.

Er starrte sie an. „Was machst du denn hier?“, fragte er in vorwurfsvollem Ton. „Wieso bist du nicht in der Schule?“ Peter Bruckner hatte ein kreidebleiches Gesicht und sein Kinn zitterte.

„Ich hatte Bauchschmerzen“, sagte Nele kleinlaut. „Der Lehrer hat mich nach Hause geschickt. Papi, was ist los? Warum ist Mami so traurig?“

Ihr Vater schlug wütend die Eisschranktür zu. „Wenn du Bauchschmerzen hast, dann nimm eine Wärmflasche und geh ins Bett“, sagte er gereizt. „Aber lass uns jetzt bitte allein.“

Offenbar schien niemand bereit, sie nach dem Grund ihrer Bauchschmerzen zu fragen. Niemand würde sie trösten. Sie störte. Sie störte ganz einfach.

Argwöhnisch sah Nele ihren Vater an. „Was ist los?“, fragte sie forschend. „Was habt ihr beiden?“

Ihr Vater war kurz davor zu explodieren. Nele konnte es an dem Flackern seiner Augen erkennen. „Bitte, Nele“, sagte er, „geh auf dein Zimmer, und mach die Tür hinter dir zu! Entschuldige, aber dies ist ein Gespräch unter Erwachsenen.“

Nele schaute ihre Mutter an, die vollkommen teilnahmslos auf ihrem Platz saß.

„Okay“, murmelte Nele, „ich geh ja schon.“ Leise, ohne das geringste Geräusch zu machen, stieg sie die Treppe hoch. Sie hielt den Atem an, um besser zu hören, was unten gesprochen wurde. Aber die beiden sagten offensichtlich kein Wort.

Nele stellte sich vor, wie ihre Mutter, am Tisch sitzend, und ihr Vater, die Hände auf den Tisch gestützt, sich anstarrten und darauf warteten, dass sie endlich das Zuschnappen von Neles Zimmertür hörten.

Mit einem lauten Knall warf Nele ihre Tür zu. Dann ging sie zu ihrem Bett, setzte sich langsam auf die Kante und presste die Handflächen gegen ihren Bauch, der sich ganz kalt anfühlte. Sie schloss die Augen und versuchte sich an die Melodie des schönen langsamen Liedes zu erinnern, das sie gestern im Radio gehört hatte.

Gerade als ihr die ersten Takte einfielen, hörte sie ihre Mutter unten schreien.

„Glaubst du wirklich, mich kannst du so belügen?“

Nele öffnete die Augen und richtete sich kerzengerade auf. Sie hielt den Atem an.

„Hast du wirklich geglaubt, dass ich nichts merken würde? Ist dir nicht ganz schlecht von all den Lügen, die du mir erzählt hast?“

Ihr Vater erwiderte etwas, aber so leise, dass Nele

nichts verstehen konnte. Die Tür öffnen und lauschen wollte sie nicht.

So blieb sie ganz ruhig sitzen, die Hände auf den Bauch gepresst, und hörte auf die Stimmen von unten. Irgendwann, nach vielen Ewigkeiten, schlug die Haustür zu, der Motor heulte auf, und der Wagen des Vaters fuhr wieder weg.

Da atmete Nele wie befreit auf, legte sich rücklings auf das Bett und versuchte an überhaupt nichts zu denken. Als sie sich mit den Händen übers Gesicht fuhr, merkte sie, dass es nass von Tränen war.

Am Nachmittag war Nele mit ihrer Freundin Carla verabredet, einer Italienerin, mit der sie früher im gleichen Mietshaus gewohnt hatte. Vor einigen Jahren waren die Bruckners in das Haus in der Klenzestraße umgezogen.

Carla besuchte das neusprachliche Gymnasium, während Nele auf die Johanniterschule ging, eine Schule, in der man sogar noch Griechisch lernen konnte.

Jeden Mittwoch trafen sich Carla und Nele, um zusammen zum Jazztanz zu gehen. Nachher setzten sie sich ins Café *Florian*, tranken einen Cappuccino und erzählten sich alles, was sie erlebt und wovon sie geträumt hatten. Doch bis dahin waren es noch viele Stunden.

Diesen Mittwoch verging die Zeit einfach nicht ...

Gegen ein Uhr kam Jan aus der Schule heim. Nele hörte seine laute, unbekümmerte Stimme, hörte auch, dass die Mutter etwas antwortete. Dann war es eine Weile still, und etwas später fuhr Jan mit seinem Rad schon wieder weg. Der hat's gut, dachte Nele. Geht zum Handballtraining und kann den ganzen Nachmittag weg sein.

Schließlich, als ihre Bauchschmerzen fast ganz weg waren, stand Nele auf und ging ins Badezimmer, wusch sich das Gesicht, kämmte die Haare und ging vorsichtig die Treppe hinunter.

Die Küche war aufgeräumt, die Chromtöpfe blitzten, und eine frische weiße Decke lag auf dem Tisch.

Der Anblick der aufgeräumten Küche stimmte Nele heiter. Hoffnungsvoll durchquerte sie das Wohnzimmer und trat auf die Terrasse. Ihre Mutter lag im Schatten auf dem Liegestuhl, die Augen geschlossen. Doch anders als sonst hatte sie keine Zeitungen und Bücher um sich verstreut, auch stand kein Kaffeebecher auf dem Tisch neben ihrem Liegestuhl und kein Korb mit Gartengerät in der Nähe. Die Mutter lag im Liegestuhl, reglos, als wäre sie gar nicht bei sich.

Nele näherte sich vorsichtig. Sie räusperte sich.

Ihre Mutter verzog unwillig das Gesicht. „Was willst du?", fragte sie, ohne die Augen zu öffnen.

„Geht es dir besser?", fragte Nele zurück.

Die Mutter schüttelte stumm den Kopf. Sie seufzte tief.

Nele wusste nicht, was sie sagen sollte. „Meine Bauchschmerzen sind fast weg", meinte sie schließlich, „und ich habe ein bisschen Hunger."

„Dann geh in die Küche und mach dir ein Brot."

„Und Jan?", fragte Nele. „Was hat der gegessen?"

„Auch nur Brot“, sagte die Mutter. „Ich habe heute nichts gekocht. Es muss ja nicht immer ein Festmahl geben, oder? Andere Kinder bekommen mittags nie etwas anderes als Brote. Und du machst schon ein Gesicht, wenn du dir einmal im Leben ein Brot schmieren sollst.“

„Ich mache überhaupt kein Gesicht“, entgegnete Nele. Sie war empört über die Ungerechtigkeit der Mutter. „Ich habe doch überhaupt nichts gesagt.“

„Ach“, sagte die Mutter, „ihr seid viel zu verwöhnt. Ich frage mich, warum ich mein Leben damit verbracht habe, euch zu verhätscheln. Und jetzt ..., was ist jetzt?“ Sie hob plötzlich den Kopf und sah Nele an. Ihre Augen waren ganz müde. Ohne Glanz.

So traurige Augen, dachte Nele und erschrak. Heißes Mitleid für die Mutter erfasste sie. „Ich weiß nicht, was jetzt ist“, antwortete sie. „Ich weiß ja nicht mal, was vorgefallen ist. Warum hast du dich mit Papi gestritten? Warum hast du geweint?“

Sofort schloss die Mutter wieder die Augen. „Weißt du, wie ich mich fühle?“, fragte sie.

„Nein“, sagte Nele.

„Ich fühle mich wie eine Suppenschüssel. Eine alte Suppenschüssel, die man oft benützt hat. Und jetzt gefällt einem das Muster der Suppenschüssel nicht mehr, und man lässt sie einfach auf die Steine fallen. Und da liegt sie nun. In Scherben.“

Nele begann zu zittern. Sie presste die Arme um ihren Körper und starrte in den Garten. Es war ein langweiliger Garten, nur Rasen und rundherum Büsche und unter den Büschen ein paar Blumen, die aber nie richtig schön groß und bunt wurden, weil der Garten so schattig war und weil niemand in der Familie sich wirklich mit den Blumen beschäftigte. Nele hätte gerne einen Rosengarten gehabt, voller wilder, duftender Rosen, gelb und rosa und weiß und rot. Dann wäre sie mit dieser Gartenschere und dem Korb zwischen den Rosen herumgegangen und hätte die schönsten Blüten abgeschnitten, in den Korb gelegt und riesige Sträuße davon in den Vasen verteilt, und das ganze Haus hätte nach süßen Rosen geduftet, manchmal ein bisschen wie Zitrone und manchmal wie Jasmin. Aber in diesem Garten roch es nur nach Kiefern und Tannennadeln und der feuchten Erde.

„Ich gehe und mach mir ein Brot", sagte Nele, als sie das Schweigen nicht mehr aushielt. „Und dann fahr ich zu Carla."

Plötzlich richtete sich Neles Mutter auf. „Du fährst zu Carla?", wiederholte sie. „Ich denke, du hast Bauchschmerzen."

„Es ist doch schon wieder besser."

„Nein, nein!" Neles Mutter setzte sich auf und fuhr mit den Händen durch die Haare. „Das kommt nicht in Frage. Du kannst nicht morgens die Schule schwänzen und dich nachmittags ins Café setzen!"

„Ich habe nicht geschwänzt", sagte Nele entrüstet. „Der Martens hat mich nach Hause geschickt, weil es mir nicht gut ging."

„Das ist das Gleiche. Ich möchte, dass du hier bleibst." Die Stimme der Mutter klang streng und unerbittlich.

„Aber wieso denn, was soll ich denn hier? Heute

Vormittag hast du dich nicht um mich gekümmert, und jetzt ..."

Frau Bruckner seufzte. Sie presste die Fäuste gegen die Schläfen. „Ich glaube, mein Kopf zerspringt gleich", sagte sie matt. Schließlich stand sie auf. „Komm, ich koche uns einen Tee." Ihre Stimme klang schon viel milder. „Ein Tee ist immer gut. Er wärmt die Seele."

Nele folgte der Mutter in die Küche. Während sie sich zwei Brote mit Leberwurst zurechtmachte, setzte die Mutter mit schleppenden Bewegungen Teewasser auf. Schließlich nahmen sie die Teekanne, die Tassen und das Brettchen mit den Broten und kehrten auf die Terrasse zurück. Nele aß schweigend, und die Mutter trank stumm ihren Tee. Sie hielt die Tasse umklammert und starrte vor sich hin. Auf einmal drehte sie sich zu Nele hin.

„Nele", sagte sie eindringlich, „ich wollte es dir eigentlich nicht sagen. Aber jetzt frage ich mich, warum ich deinen Vater auch noch schützen soll, wo er uns *das* angetan hat ... Wie komme ich eigentlich dazu?"

Nele hielt den Atem an. Sie spürte, wie ihr alles Blut aus dem Gesicht wich. Sie wusste, dass die Mutter gleich etwas Ungeheuerliches sagen würde, etwas, das im gleichen Augenblick die Welt verändern würde. Sag es nicht!, dachte sie verzweifelt. O bitte, sag es nicht ...

„Dein Vater liebt uns nicht mehr", sagte die Mutter mit belegter Stimme. Und dann wiederholte sie es extra noch einmal: „Dein Vater liebt uns nicht mehr."

Nele kaute an dem Stückchen Brot. Sie drehte es immerzu im Mund herum, bis es größer und größer wurde, und sie dachte, gleich fällt es mir aus dem Mund. Dann stand sie auf, rannte in die Küche und spuckte es aus.

Als sie zurückkam, saß die Mutter immer noch da, regungslos. „Euer Vater", sagte sie tonlos, „liebt eine andere Frau. Er will uns verlassen. Uns alle. Am liebsten möchte er, dass es uns überhaupt nicht gäbe."

Als Nele eine ganze Weile stumm blieb, als sie sich kein bisschen vom Fleck bewegt hatte und kaum zu atmen schien, schaute die Mutter plötzlich auf.

„Warum weinst du?", fragte sie beinahe feindselig. „Du hast doch keinen Grund! Ich, ich muss weinen. Denn mein Leben hat er kaputtgemacht, dein Vater. Einfach so. Kaputt ..."

„Hör auf, Mama", flüsterte Nele, „bitte, hör auf."

Ihre Mutter schloss die Augen, öffnete sie wieder und blickte eine lange Weile in den Himmel. Dann streckte sie Nele die Hand hin. „Mein Mädchen", sagte sie zärtlich. „Mein kleines Mädchen. Ich glaube, ich bin ein bisschen durcheinander. Sei mir nicht böse."

Nele nickte tapfer. Sie versuchte, ihrer Mutter nicht böse zu sein. Das war nicht schwer. Nicht eigentlich schwer. Viel schlimmer aber war die Verwirrung in ihrem Kopf. „Ich weiß nicht, was ich denken soll", murmelte Nele. „Ich weiß es wirklich nicht."

„Denk einfach nicht darüber nach", sagte ihre Mutter. „Wahrscheinlich ist das das Beste."

„Aber ich möchte, dass ihr euch vertragt, Papi und du! Ich möchte, dass alles wieder wird wie früher. So schön."

Plötzlich huschte ein Lächeln über das Gesicht ihrer Mutter.

„Schön", sagte sie. „Ja, das stimmt. Wir hatten es wirklich immer unheimlich schön, wir vier. Erinnerst du dich noch, unsere Freude, als wir in das Haus hier einzogen? Weißt du noch, wie wir alle zusammen dein Zimmer neu tapeziert haben und du uns dann abends in deine Höhle eingeladen hast?"

„Es gab Wiener Würstchen und Kartoffelsalat vom Schnellimbiss", sagte Nele grinsend. „Und Cola und für euch ein Bier."

„Es hat ganz prima geschmeckt."

„Ach", sagte Nele fröhlich, „ich weiß nicht, ob's gut geschmeckt hat. Aber ich habe alles von meinem Taschengeld bezahlt, und es war meine allererste Party in meinem eigenen Zimmer!"

„Jan hat den Clown gespielt", sagte die Mutter. „Es war so lustig, wir haben Tränen gelacht! Weißt du noch?"

„Ja", sagte Nele. Und plötzlich war da wieder dieser Druck im Magen. „Wir haben Tränen gelacht ..."

Und jetzt, dachte sie, werden Tränen geweint.

Kurz vor fünf Uhr klingelte das Telefon. Das ist Carla, dachte Nele sofort. Sie will wissen, wieso ich noch nicht da bin. Nele warf einen unsicheren Blick zu ihrer Mutter, die beim ersten Klingeln des Telefons zusammengeschreckt war.

„Sag ihm, ich bin nicht da", stieß sie hervor. „Ich bin weggefahren! Sag ihm, du wüsstest nicht, wann ich wiederkomme! Sag ihm das! Ich will nicht mit ihm reden!"

Nele erhob sich schwerfällig. Vielleicht hört es gleich auf zu klingeln, dachte sie. Sie bewegte sich sehr langsam ins Wohnzimmer, noch langsamer, als das Telefon immer weiterklingelte. Schließlich nahm sie den Hörer ab. „Nele Bruckner."

„Nele! Wo bleibst du denn? Ich sitze hier und warte, und du rufst nicht mal an! Weißt du eigentlich, wie spät es ist?" Es war Carla.

„Ja", sagte Nele, „ich weiß. Gleich fünf Uhr."

„Wer ist es?", rief Neles Mutter von der Terrasse aus.

Nele legte die Hand auf die Sprechmuschel. „Es ist Carla. Sie will wissen, ob ich noch komme."

Erschöpft und enttäuscht warf Frau Bruckner sich wieder in den Stuhl. „Meinetwegen", sagte sie schwach. „Mach, was du willst. Kümmere dich nicht um mich. In dieser Familie macht ja sowieso jeder, was er will."

Nele atmete einmal tief durch, und dann sagte sie: „Ich komme gleich, Carla. Wir können uns ja da treffen. Aber ich kann nicht mittanzen. Ich hab Bauchschmerzen."

„Und dann willst du trotzdem kommen?", fragte Carla ungläubig.

„Ja", sagte Nele. „Trotzdem."

Nele fuhr mit dem Fahrrad durch die vertrauten Straßen. Alles war wie immer. An der Ecke der Supermarkt, dann die kleine Filiale der Sparkasse, der Bäcker mit dem altmodischen Messingschild über der Tür.

Die Sonne tauchte zwischen den dicken Wattewolken auf.

Nele fühlte, wie ihr Kopf allmählich klarer wurde, während der sanfte Sommerwind ihr Gesicht streichelte. Fühlte, wie es ihr besser ging, von Minute zu Minute.

Als sie ihr Fahrrad vor dem Gymnastikraum in den Fahrradständer schob, drang die Musik an ihr Ohr, heiße, schnelle, rhythmische Musik. Sie hörte das Lachen der Mädchen und die dunkle, fröhliche Stimme der Gymnastiklehrerin.

Es geht mir gut, dachte Nele. Ich darf einfach nicht an zu Hause denken.

Carla tanzte wie immer in der ersten Reihe. Sie trug einen leuchtend roten Gymnastikanzug und bunte selbst gestrickte Wadenwärmer. Vergnügt blickte Carla der Freundin entgegen.

„Da bist du ja endlich“, rief sie. Und zu der Lehrerin gewandt: „Nele hat Bauchschmerzen.“

Rosamund war eine schwarze Schönheit. Sie kam aus der Karibik, von einer kleinen Palmeninsel, die einen Strand mit rosa Muscheln hatte. Rosamund hatte sogar schon in New York in einem Musical mitgewirkt.

„Bauchschmerzen?“, fragte Rosamund mitfühlend und legte den Arm um Nele.

„Ja“, sagte Nele, „schon den ganzen Tag. Ich weiß auch nicht, warum.“

„Ich schon“, rief Carla. „Das sind die Bauchschmerzen, die man immer bekommt, wenn man eine Mathearbeit schreiben muss!“

Die anderen lachten.

Nele lächelte auch. „Vielleicht kann ich ja ein bisschen mitmachen“, sagte sie zaghaft. „Ich versuch's mal.“

Rosamund nickte. Sie ging zum Plattenspieler, stellte

ihn auf *Start* und klatschte in die Hände. „Also passt auf, was ich jetzt mache ..."

Nach der Stunde saßen Carla und Nele nebeneinander im Umkleideraum und rieben sich mit einem Handtuch den Schweiß von den Beinen.

„Hast du nachher noch Zeit?", fragte Carla. „Gehen wir ins *Florian*?"

„Okay." Nele nickte. „Aber nicht so lange. Ich muss heute früh zu Hause sein."

„Weshalb denn? Schreibt ihr morgen wieder eine Arbeit?"

„Wegen meiner Mutter", sagte Nele. „Ich kann sie nicht so lange allein lassen."

Carla starrte ihre Freundin verblüfft an. „Was? Deine Mutter? Wieso kannst du sie nicht alleine lassen? Sag mal, spinnst du?"

Nele legte das Handtuch zusammen und steckte es in ihren kleinen Rucksack. Während Carla sie noch abwartend anschaute, sagte Nele plötzlich betont forsch: „Ich glaube, mein Vater lässt sich von uns scheiden."

Carla sprang wie elektrisiert von der Bank auf. Sie starrte Nele fassungslos an, schüttelte den Kopf und flüsterte: „Nein ... Nein. O nein. Nein, das glaube ich nicht ... Dein Vater? Nein ... Nele! Oh, wie schrecklich! Seit wann weißt du es?"

Nele schluckte. „Seit heute Mittag", flüsterte sie. Die Tränen schossen ihr in die Augen. Sie warf sich in Carlas Arme und begann hemmungslos zu weinen.

„Ich will nicht, dass alles vorbei ist", schluchzte sie. „Wir gehören doch zusammen! Ich versteh das einfach nicht. Warum auf einmal? Warum hat Papi uns nicht mehr lieb?"

Carla hielt sie fest im Arm und strich ihr beruhigend über die Haare. „Ach, Nele. Wein doch nicht so! Vielleicht wird ja alles wieder gut."

Nele seufzte tief. „Lass uns lieber zu dir nach Hause gehen. So verheult, wie ich aussehe, möchte ich nicht ins *Florian.*"

Carla zuckte die Schultern. „Meinetwegen", sagte sie. „Wenn du dich da wohler fühlst."

Nele suchte nach Worten. „Man merkt genau, dass sich deine Eltern gut verstehen."

Carla schaute Nele von der Seite an, sagte aber nichts.

„Deine Eltern lieben sich eben", stieß Nele hervor. „Das ist der Unterschied. Deshalb ist es bei euch so schön. Ich schätze, bei uns wird es jetzt die Hölle."

„Quatsch. Vielleicht ist alles gar nicht so schlimm!" Carla versuchte sie zu trösten. „Vielleicht haben deine Eltern sich bloß mal gestritten, und morgen ist alles wieder vorbei."

Nele schüttelte den Kopf. „Das glaube ich nie und nimmer", sagte sie. „Das wird nie wieder so, wie es mal war." Sie blieb stehen und schaute ihre Freundin an. „Weißt du, wovor ich unheimliche Angst habe?", fragte sie.

Carla schüttelte den Kopf.

„Ich habe Angst davor, dass mein Vater so tut, als wenn gar nichts wäre. So, als wenn ich noch zu klein wäre, um zu verstehen, was zwischen ihm und meiner Mutter los ist. Er hat mir das ja heute Mittag ziemlich deutlich gesagt: ‚Das ist ein Gespräch unter Erwachsenen!'" Nele schnaubte wütend. „So etwas nennt er ein Gespräch! Dass ich nicht lache! Und um mich hat er sich kein bisschen gekümmert!"

Als Nele gegen acht nach Hause kam, stand der rote Wagen ihres Vaters schon in der Garage. Neles Herz schlug bis zum Hals. Ganz langsam schloss sie ihr Fahrrad ab, nahm den Rucksack mit den Turnsachen und ging auf die Haustür zu. Sie kramte eine Weile in den Seitentaschen, bis sie den Haustürschlüssel gefunden hatte. Dann sperrte sie die Tür auf und trat auf Zehenspitzen ins Haus. Sie hielt die Luft an und lauschte. Aber es war vollkommen still ... Vorsichtig spähte Nele in die Küche. Alles war aufgeräumt. Ein Abendbrottisch war nicht gedeckt.

Nele ging ins Wohnzimmer, das vollkommen im Dunkeln lag. Als sie den Lichtschalter herumdrehte, schloss sie einen Augenblick die Augen.

„Hallo, Nele", sagte der Vater freundlich. „Ich hab dich gar nicht kommen hören."

Nele zuckte zusammen. Sie starrte ihren Vater an. Er saß in einem Sessel, den er an die Terrassentür geschoben hatte, die Hände ruhig auf der Lehne.

„Warum machst du kein Licht?", fragte Nele mühsam. „Wegen der Mücken?"

Ihr Vater lächelte. „Ich habe nachgedacht, und zum Nachdenken brauche ich kein Licht. Du vielleicht?"

Nele schüttelte den Kopf. Unschlüssig blieb sie in der Tür stehen. Ihr Vater sah sie ruhig an, mit diesem zärtlichen Lächeln, das ihr früher immer so gut getan hatte.

„Wie geht es deinen Bauchschmerzen?“, fragte er auf einmal.

„Dass du dich daran erinnerst!“, sagte Nele überrascht und ein bisschen beleidigt.

„Ja, ja, ich erinnere mich. Tut mir Leid, dass ich heute so schroff zu dir war. Aber Mami und ich hatten ein wichtiges Gespräch, weißt du. Da wollten wir allein sein.“

Nele holte tief Luft. „Das war kein Gespräch“, meinte sie schließlich. „Ihr habt euch gestritten! Ich habe eure Stimmen ja bis oben gehört.“

Ihr Vater zog überrascht die Augenbrauen hoch. Offenbar verwirrte ihn die Vorstellung, dass Nele das Gespräch belauscht haben könnte. „Ach ja?“, fragte er gedehnt, als erwarte er, dass Nele noch etwas hinzufügte.

Aber Nele presste die Lippen fest aufeinander, als wollte sie ihrem Vater zeigen, dass sie keine Lust hatte, weiter darüber zu reden. Sie wollte nicht, dass es ihr wieder so schlecht ging wie am Nachmittag. Sie wollte nicht noch einmal dieses Gefühl haben, als ob der Fußboden plötzlich ganz weich wurde, wie ein Morast, in dem man versinkt, immer tiefer, bis zum Hals ...

„Ich geh nach oben“, sagte sie, ohne ihren Vater anzuschauen. „Habt ihr schon gegessen?“

Peter Bruckner schüttelte den Kopf. „Nein, deine Mutter ist weggegangen. Heute gibt es nichts.“

Nele blieb wie angewurzelt stehen. Wieder schlug ihr Herz bis zum Hals. Was hatte das nun wieder zu bedeuten? Welche neue Gefahr lauerte da?

„Weg?“, wiederholte sie leise. „Wohin denn?“

„Ich weiß nicht.“ Neles Vater hob die Schultern. „Sie

hat es mir nicht gesagt." Er lächelte schwach. „Ich nehme an, sie wollte mich bestrafen."

Nele schloss die Augen. Am liebsten hätte sie sich an der Tür festgehalten – auf einmal drehte sich alles vor ihren Augen. Verzweifelt kämpfte sie mit den Tränen. Peter Bruckner war aufgestanden und hinter seine Tochter getreten. Er legte ihr die Hände auf die Schultern.

„Ich habe auf dich gewartet", sagte er. „Ich wollte Jan und dich zu einer Pizza einladen, ins *Portofino*. Gegessen habe ich heute nämlich den ganzen Tag noch nichts. Mir hängt der Magen ganz schön tief. Dir auch?"

Nele wusste nicht, was sie antworten sollte. Sie schüttelte nur stumm den Kopf. Aber eigentlich war es mehr ein Kopfschütteln aus Verzweiflung als eine Antwort auf die Frage ihres Vaters.

Der Händedruck ihres Vater verstärkte sich, als habe er sie richtig verstanden.

„Jan ist oben in seinem Zimmer", sagte er. „Er wartet nur darauf, dass es losgeht. Wenn du keine Lust auf Pizza hast, kannst du natürlich auch etwas anderes essen. Wie wäre es denn mit Spagetti mit Sahnesoße und Schinken? Die magst du doch so gern!"

Nele seufzte tief. Sie drehte sich langsam um und schaute ihren Vater an. Aber nur eine winzige Sekunde lang. Das Gesicht ihres Vaters wirkte plötzlich anders, ganz klein. Er sah blass aus. Und wenn er versuchte zu lächeln, dann gelang das nur halb.

Er schaute sie an, als erwarte er irgendetwas von ihr. Ein kleines Lächeln, einen flüchtigen Kuss, so wie

Selbst.Bewusst.Sein.
CIA
SCHNEIDER BUCH
Viel Spaß beim Lesen.
http://www.schneiderbuch.de
2939

Das Leben steckt voller Überraschungen. Und du stehst mittendrin.

Wer hat noch nicht davon geträumt, die Welt zu erobern, die erste große Liebe zu erleben und seine Zukunft fest in die eigenen Hände zu nehmen.
In unseren neuen Büchern zeigen viele starke Mädchen, wie sie Vorurteile, Unverständnis und Probleme meistern und ihr Leben, ihre Liebe und Hoffnungen verwirklichen. Da ist zum Beispiel Nella, die sich ihren Weg zum Erfolg hart erkämpfen muss. Oder Kathrin, die ihren Traumboy kennenlernt und immer noch auf das große Gefühl wartet. Und Jana, die endlich etwas Sinnvolles aus ihrem Leben machen will.
Tauche ein in die Welt dieser Heldinnen, die vieles mit dir gemeinsam haben, denn es sind alles starke Mädchen – wie du.
Deine Mädchen-Redaktion im Egmont Franz Schneider Verlag.

Tina Caspari
Nella, 16, Schauspielerin
Traumjobs, Band 1

Schauspielerin werden – das ist Nellas größter Wunsch. Und mit Talent und Selbstvertrauen schafft sie die Aufnahmeprüfung an der Schauspielschule mit links. Doch ausgerechnet ihr Vater, ein berühmter Regisseur, spielt nicht mit. So muss Nella ein turbulentes Doppelleben führen und die Liebe ihres Freundes wird auf eine harte Probe gestellt.

160 Seiten,
DM 14,95 / öS 109,–

Angela Schützler
Kim, 16, Sängerin
Traumjobs, Band 2

Kim singt für ihr Leben gern. Als ein Talentwettbewerb in ihrer Lieblingsdisko stattfindet, wird sie überredet mitzumachen. Und Kim gewinnt. Eine Schallplattenfirma verspricht ihr eine traumhafte Karriere. Daraus wird zunächst nichts. Doch als Benny auftaucht, der Mädchenschwarm aus einer Boygroup, findet sie ihren Weg.

160 Seiten,
DM 14,95 / öS 109,-

Ulrich Hoffmann
Iris, 15, Model
Traumjobs, Band 3

Als Iris den FACE-Schönheitswettbewerb gewinnt, scheint ihr Traum, Model zu werden, in Erfüllung zu gehen. Doch bei den Foto-Shootings stiehlt ihr Fiona mit ihrer coolen Art jedes Mal die Schau. Dann aber lernt sie Stefan, den netten Foto-Assistenten, kennen und bald stimmt alles, vor und hinter der Kamera ...

160 Seiten,
DM 14,95 / öS 109,-

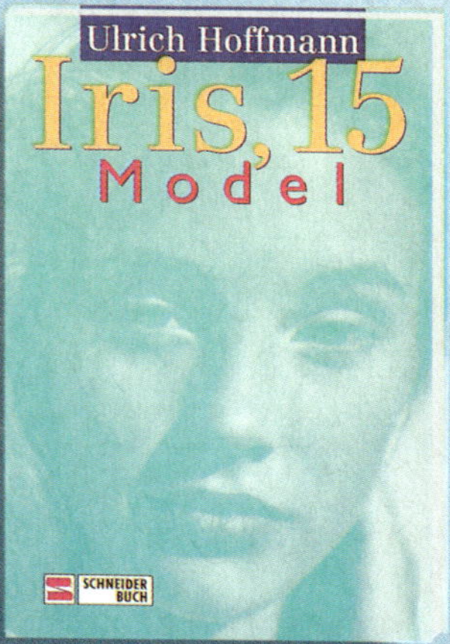

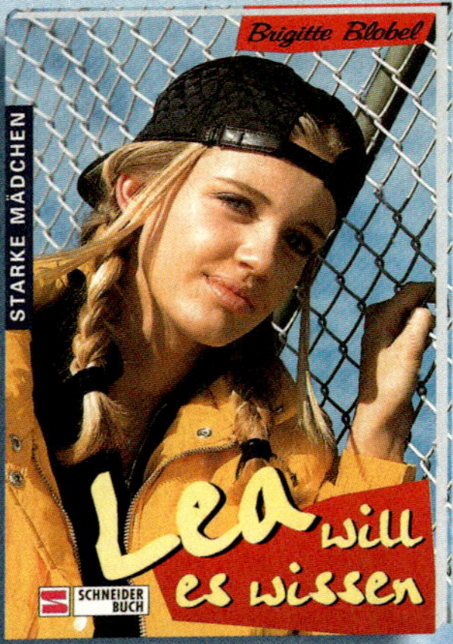

Brigitte Blobel
Lea will es wissen
Starke Mädchen, Band 1

Lea ist frustriert: Ihr Freund hat nie Zeit für sie und flirtet mit einer anderen - und ihre Eltern wollen nicht einsehen, dass sie schon lange kein Kind mehr ist.
Da hilft nur eins: Lea muss ihr Leben selbst in die Hand nehmen ...

192 Seiten,
DM 16,95 / öS 124,-

Brigitte Blobel
Keine Panik, Jenny
Starke Mädchen, Band 2

Wochenlang hat Jenny gegen den Umzug nach Berlin Terror gemacht. Es hat nichts geholfen. Momo, Jennys Kaninchen, ist ihr einziger Trost. Doch Momo verschwindet. Als Jenny erfährt, was Kalle, der Typ mit dem rasierten Schädel und den Springerstiefeln, mit Momo gemacht hat, dreht sie durch.

192 Seiten,
DM 16,95 / öS 124,-

Brigitte Blobel
Meike liebt Ken
Starke Mädchen, Band 3

Seit Meikes Mutter tot ist, muss sie sich um ihren kleinen Bruder kümmern und um ihren Vater, der immer öfter zur Flasche greift. Doch Meike findet Halt in ihrer Liebe zu Ken. Der allerdings ist auf Klassenfahrt und wird von einer anderen angemacht ...

192 Seiten,
DM 16,95 / öS 124,-

Brigitte Blobel
Sofies Geheimnis
Starke Mädchen, Band 4

Als Sofie herausfindet, dass ihr kleiner Bruder von Maik, dem Anführer einer Straßengang, erpresst wird, will sie den Kerl zur Rede stellen. Doch sie hat nicht mit Maiks Charme gerechnet, dem sie sich nicht entziehen kann.

224 Seiten,
DM 16,95 / öS 124,-

Brigitte Blobel
Immer wieder Marie
Starke Mädchen, Band 5

Niemand will Marie glauben, dass ihr Lehrer sie nachts auf der Klassenfahrt geküsst hat. Marie ist wütend, sie bekommt nichts mehr auf die Reihe und macht Zoff im Unterricht.
Aber kurz bevor Marie von der Schule fliegt, bemüht sich Kilian um sie.

192 Seiten,
DM 16,95 / öS 124,-

Ishbel Moore
Die Fremde im grünen Kleid

Die 17-jährige Dolina ist seit ihrer Kindheit sich selbst überlassen. Deshalb findet sie sich auch bei der netten Familie nicht zurecht, die sie übers Wochenende bei sich aufnimmt. Das grüne Ballkleid, das man ihr für eine Hochzeit besorgt, weckt viele Sehnsüchte in ihr. Dolina ahnt nicht, dass vielleicht bald ein Traum für sie in Erfüllung gehen wird ...

160 Seiten,
DM 16,95 / öS 124,-

Herbert Friedmann
Schmetterlinge im Bauch
Kuschelrock

Kathrin ist gerade 17 geworden, als sie Philipp kennen lernt. Er ist irgendwie ein totaler Spinner, doch sie fühlt sich trotzdem zu ihm hingezogen. Ist sie wirklich so cool, wie sie immer tut? Und wo bleibt das Schmetterlingsgefühl im Bauch?

192 Seiten, DM 16,80 / öS 123,-

Helen Hoffmann
Blind Date
Kuschelrock

Aus dem Blind-Date-Dinner, das Kiara übers KuschelRadio gewonnen hat, wird nichts. Denn Jens, der Junge mit der wundervollen Stimme, erscheint nicht. Kurz darauf verliebt Kiara sich in Jan, den sie zufällig kennen gelernt hat. Als sie die Blind-Date-Verabredung mit Jens wiederholen soll, erlebt Kiara eine Überraschung ...

192 Seiten, DM 16,80 / öS 123,-

Herbert Friedmann
Die Nacht der Zärtlichkeit
Kuschelrock

Als Mona den süßen Diskjockey Benny im Feriendorf kennen lernt, ist sie hin und weg. Zwei Tage vor ihrer Abreise erlebt sie mit ihm die Nacht der Zärtlichkeit. Wieder zu Hause wartet Mona vergeblich auf ein Lebenszeichen von ihrem Traumboy. Doch da steht er eines Tages vor ihrer Tür. Aber das große Herzklopfen will sich nicht einstellen. Wird die Nacht der Zärtlichkeit einmalig bleiben?

192 Seiten, DM 16,80 / öS 123,-

Irma Krauß
Janas Entschluss
Einsatz fürs Leben, Band 1

Für Jana, 16 Jahre, ist gerade Frustzeit: Die Schule ödet sie an, ihre Beziehung mit Udo war ein Reinfall und ihre Eltern wollen sie zu einer Model-Karriere zwingen. Doch Jana will nicht frustriert sein. Sie will etwas Sinnvolles tun. Schon bald steht ihr Entschluss fest: Sie will Leben retten.

176 Seiten, DM 16,95 / öS 124,-

Irma Krauß
Nächtliches Drama
Einsatz fürs Leben, Band 2

Mitten in der Nacht wird Jana zu ihrem ersten Großeinsatz gerufen, bei dem es um Leben und Tod geht. Mit Angst - aber auch mit dem ungebrochenen Willen zu helfen, eilt Jana zu dem Unfallort, wo auch Pascal zur Stelle ist. Diese Nacht ist für beide der Anfang einer großen Liebe ...

176 Seiten, DM 16,95 / öS 124,-

Irma Krauß
Notfall im Jugendtreff
Einsatz fürs Leben, Band 3

Das Rettungsteam wird an den alten Jugendtreff bestellt. Dort hängt das Leben eines Betrunkenen an einem seidenen Faden. Ein Einsatz unter vielen, aber Jana ist tief berührt. Und dann ist da noch der Streit mit ihren Eltern und die wachsende Liebe zwischen ihr und Pascal.

176 Seiten, DM 16,95 / öS 124,-

früher, wenn Nele sich für etwas bedanken wollte. Nele ging für ihr Leben gern ins *Portofino*. Überhaupt ging sie gerne in Restaurants. Aber an diesem Abend konnte sie nicht die geringste Freude bei dem Gedanken daran finden. Sie merkte nur, dass ihr überhaupt nichts anderes übrig blieb, als mitzugehen.

„Okay“, sagte sie leise. „Ich kämm mir nur mal schnell die Haare.“

„Sag Jan Bescheid“, rief ihr der Vater nach, während sie die Treppe hochstieg.

Nele öffnete die Tür zu Jans Zimmer. Er saß vor seinem Schreibtisch, die Kopfhörer über die Ohren gestülpt. Als er merkte, dass die Tür aufging, schob er das Comic-Heft schnell unter das Grammatikbuch. Als er Nele erkannte, grinste er. „Ach, du bist es bloß“, sagte er. „Ich dachte schon, die Mami kommt.“

Nele nahm ihm die Kopfhörer ab. „Mami ist weg“, sagte sie.

Jan nickte fröhlich. „Ich weiß. Hat Papi mir schon gesagt.“

„Hast du eine Ahnung, wo sie ist?“, fragte Nele.

Jan schüttelte den Kopf. „Nö. Sollte ich? Vielleicht ist sie bei einer Freundin. Jedenfalls finde ich's toll von Papi, dass er mit uns essen geht. Du nicht?“

Nele starrte ihren Bruder an. „Ich glaube, du verstehst überhaupt nichts“, sagte Nele.

Jan schaute sie verwundert an. „Du machst dir wie immer viel zu viele Sorgen. Lass uns lieber essen gehen.“

Nele schüttelte den Kopf. „Meinetwegen, obwohl ich eigentlich gar keinen Hunger habe.“

Im *Portofino* bekamen sie nur noch einen Tisch ganz nahe bei der Küche. Nele war froh, dass sie nicht viel sprachen. Sie hatte Angst, dass ihr Vater von diesem Thema anfangen würde. Sie fürchtete sich vor jedem Wort, das in diesem Zusammenhang ausgesprochen werden könnte. Niemals würde sie den Satz vergessen, den ihre Mutter ihr am Nachmittag an den Kopf geworfen hatte: „Euer Vater liebt euch nicht mehr ..."

Nele schaute ihren Vater während des Essens immer wieder verstohlen an. Sie fand, dass er zu schnell trank und zu hastig aß. Von der Vorspeise hatte er nur ein paar Bissen genommen und den Teller dann sofort weggeschoben, um sich gierig eine Zigarette anzustecken. Aber auch die Zigarette hatte er nach ein paar tiefen Zügen mit geschlossenen Augen wieder ausgedrückt, um sich wenige Sekunden später eine neue anzuzünden. Von der Pizza hatte er höchstens ein Drittel gegessen.

Neles Spagetti carbonara waren gut. Trotzdem kämpfte sie mit jedem Bissen. Lustlos drehte sie die langen Nudeln auf die Gabel und wickelte sie wieder ab. Das machte sie einmal, zweimal, dreimal hintereinander. Ihr Teller wurde zwar nicht leerer, doch ihr Vater schien nichts zu bemerken.

Wieso ist er eigentlich mit uns zum Essen gegangen?, fragte sich Nele erbittert. Ob er glaubt, dass uns das Spaß macht? Meint er vielleicht, wir merken nichts? Ich weiß doch, dass du uns nicht mehr liebst, Papi!, dachte sie und fühlte schon wieder heiße Tränen in ihre Augen steigen. Willst du uns beweisen, dass du trotzdem ein großartiger Vater sein kannst, auch wenn du deine Kinder nicht mehr liebst?

Jan schien von alledem nichts zu bemerken. Er vertilgte mit beneidenswertem Appetit seine Pizza, die er in der Mitte einfach durchgeschnitten und dann zusammengeklappt hatte. Jetzt hielt er sie zwischen den Fingern und biss herzhaft hinein.

„Schmeckt's?“, fragte Nele grimmig.

„Klar“, sagte Jan. „Schmeckt toll! Wieso isst du denn nicht? Machst wohl mal wieder Diät, was?“ Er zwinkerte ihr zu. „Aber wenn du meine Meinung hören willst: Deinen dicken Po bekommst du sowieso nie weg.“

„Blödkopf!“, zischte Nele.

Peter Bruckner schreckte von seinen Gedanken hoch. „Was ist, Nele?“, fragte er. „Schmeckt's nicht?“

Nele beugte sich rasch über den Teller, wickelte die Nudeln um die Gabel und schob sie in den Mund. „Doch, schmeckt prima“, sagte sie kauend.

Ihr Vater nickte zufrieden. „Mal sehen, ob Mami wieder zurück ist, wenn wir nach Hause kommen“, meinte er.

Sie fuhren mit dem Wagen durch die dunklen Straßen zurück. Nele saß hinten und Jan wie immer vorne auf dem Beifahrersitz. Er wollte nah beim Radio sein. Und schon drehte er an den Knöpfen, und ein Rauschen und Knacken, Musikfetzen und Stimmen peinigten ihr Trommelfell.

Nele schloss die Augen. Sie war gespannt, wie lange ihr Vater sich das mit anhören würde. Aber er saß kerzengerade hinter dem Steuer, die Hände fest um das Lenkrad gelegt, und schwieg.

„Bloß Mist um diese Zeit im Äther“, knurrte Jan. „Wird Zeit, dass du dir mal einen anständigen Kassettenrekorder fürs Auto zulegst.“

Peter Bruckner sagte nichts.

„Ich meine, so einen richtigen guten Rekorder mit Stereoboxen. Soll ich dir mal ein paar Prospekte besorgen, Papi?“

Jan liebte es, sich in den Hi-Fi-Abteilungen der Kaufhäuser und Elektroläden herumzutreiben. Er kam oft mit Stapeln von Werbebroschüren zurück, die dann überall im Haus verstreut lagen, bis Frau Bruckner sie in den Papierkorb warf.

Peter Bruckner schwieg.

„He! Paps! Bist du taub?“ Jan stieß seinen Vater unsanft an.

Der zuckte zusammen, als habe man ihn aus seinen Träumen gerissen. „Hast du was gesagt?“, fragte er verwirrt.

Jan warf seinem Vater einen langen Blick zu. Dann seufzte er tief, kauerte sich in die äußerste Sitzecke und murmelte: „Vergiss es.“

Sie parkten das Auto in der Garage. Jan schlenderte unbekümmert auf die Haustür zu, aber Nele wollte lieber auf ihren Vater warten. Eine unbestimmte Angst kroch in ihr hoch, je länger sie auf das dunkle Haus schaute. Nicht einmal die Lampe über der Haustür brannte. Nele versuchte sich zu erinnern, ob sie die Lampe beim Weggehen angeknipst hatten. Auch das kleine Flurfenster war dunkel.

Peter Bruckner schloss den Wagen ab, ließ das Garagentor herunter und warf genau den gleichen ängstlichen Blick auf das Haus.

„Alles dunkel“, sagte er.

Nele nickte.

„Dann ist sie wohl immer noch nicht nach Hause gekommen“, sagte Peter Bruckner.

Wieder nickte Nele. Sie spürte, wie der Kloß in ihrem Hals immer dicker wurde.

Neles Vater atmete tief durch. Er schaute sie an und versuchte zu lächeln. „Na ja. Da kann man halt nichts machen, was, Nele?“ Er legte den Arm um ihre Schulter, und Nele spürte, wie sie sich augenblicklich versteifte.

„Hat's denn wenigstens geschmeckt?“, fragte er.

„Ja“, sagte Nele. „Danke für das tolle Essen.“

Warum erzählst du eigentlich solche Lügenmärchen?, fragte Nele sich im nächsten Augenblick. Wieso sage ich nie, was ich wirklich denke? Wieso sage ich nicht: Es hat überhaupt nicht geschmeckt. Es war ein grauenhafter Abend. Und das weißt du selber ganz genau!

Der Vater schloss die Haustür auf. Einen Augenblick blieb er in der offenen Tür stehen und lauschte.

Nele hielt die Luft an. Sie konnte nichts hören.

Aus dem dunklen Flur kroch ihr eine merkwürdige Angst entgegen, wie eines dieser Ungeheuer, von denen sie als Kind immer geträumt hatte, so ein schleimiges, lautloses Monster, das auf dem Fußboden zerfloss wie dünner Brei und alles unter sich erstickte ...

Da knipste ihr Vater endlich das Licht an. Sofort verschwand der Albtraum. Nele blickte auf den schönen Spiegel über der Kommode, auf das Strohblumengesteck, den Kalender, den Jan gemalt hatte, die Garderobenhaken, an denen Neles Prachtstück hing: ein alter Borsalinohut, den sie manchmal samstagnachmittags aufsetzte, wenn sie mit Carla in die Stadt bummeln ging.

„Mami?", rief Jan. Er rannte durch den Flur, stieß die Wohnzimmertür auf und machte Licht. „Mami?"

Nele fragte sich plötzlich, ob Jan auch so eine komische Angst hatte wie sie. Vielleicht wollte er es sich ja nur nicht anmerken lassen? Jan zeigte ungern seine Gefühle; er wollte immer schon der große Held sein, der beim schlimmsten Schmerz die Zähne zusammenbeißt ...

„Mami!" Jan blickte in die Küche, die Speisekammer, den Kelleraufgang.

Schließlich drehte er sich zu seinem Vater und zu Nele um. Seine Augen, die von diesen langen Wimpern beschattet wurden, um die Nele ihn so glühend beneidete, wirkten riesengroß. „Sie ist nicht da", sagte er leise.

Peter Bruckner räusperte sich, dann lachte er. Das Lachen klang ein bisschen zu laut. „Wer weiß, Jan, vielleicht verplaudert sie sich mit einer Freundin? Du weißt doch, wie deine Mutter ist, wenn sie mal ins Reden kommt, hört sie nicht wieder auf."

Jan schaute seinen Vater an. „Das stimmt doch gar nicht", sagte er bestimmt. „Mami redet überhaupt nicht viel. Du redest viel mehr als sie."

Er rannte die Treppen hoch, nahm zwei Stufen auf

einmal. Nele hörte, wie er die Tür des Elternschlafzimmers aufriss, und plötzlich sagte er: „Du bist ja doch da!"

Und dann, lauter: „Mami ist hier! Sie liegt schon im Bett."

Ein tiefer Seufzer löste sich aus Peter Bruckners Brust. „Gott sei Dank", murmelte er und strich über Neles Haare. „Da sind wir aber erleichtert, was?"

Nele stieg die Treppe hoch, ging am Schlafzimmer der Eltern vorbei und verschwand in ihrem Zimmer. Sie warf sich auf ihr Bett, presste die Hände gegen das Gesicht und dachte: Einfach nicht mehr da sein. Wenn das ginge! Einfach Luft werden, ein kleines Federchen sein, das mit dem Luftzug aus dem Fenster segelte, über die Kronen der alten Kastanien hinweg, die Landstraße, die Häuser entlang, immer weiter unter einem pechschwarzen Himmel. Und der Himmel müsste voller Sterne sein, und es dürfte überhaupt keine Menschen mehr geben, nur Pflanzen, Blumen, Seen und Berge. Und sonst nichts. Keine Stimmen. Keinen Blick. Keine Tränen. Keine Trauer. Einfach nichts. Nur eine winzige leichte Feder ...

So, in Kleidern und Schuhen, schlief Nele auf ihrem Bett schließlich ein.

Nele verbrachte den Vormittag in der Schule wie eine Schlafwandlerin. Sie bewegte sich in dem Schulgebäude wie in einem Wattehaus, das auf schwankendem Boden errichtet ist, auf einer Wolke vielleicht, von der immerzu neue Schwaden aufsteigen und die Sicht nehmen.

Alles war verschwommen, und es war ihr, als tränten ihre Augen unaufhörlich. Die Stimmen der Lehrer drangen als fernes Rauschen an ihr Ohr, und in der Pause übertönte die schrille Stimme ihrer Mutter – aus ihrem Unterbewusstsein – die Gespräche auf dem Schulhof.

Nele ging in den Waschraum und schloss sich auf der Toilette ein. Sie hörte nicht, wie es klingelte, nicht den Lärm der Schüler, nicht das Türenschlagen, nicht die Schritte der Lehrer, die sich energisch den Klassenräumen näherten.

Erst als jemand die Klinke der Tür herunterdrückte und rief: „Wer ist hier drin?“, wachte Nele auf.

„Ich“, sagte sie.

„Wer ist ich?“ Es war eine weibliche Stimme, eine erwachsene Stimme, die sicherlich einer Lehrerin gehörte.

„Nele Bruckner“, sagte Nele und trat aus der Tür.

Die Lehrerin hieß Frau Koch. Sie unterrichtete nur in den Oberstufen. Anscheinend hatte sie heute Pausenaufsicht. Sie blickte Nele aufmerksam an. „Ist dir nicht gut?“

„Doch“, sagte Nele tapfer, mit einem kleinen missglückten Lächeln. „Es geht schon wieder.“

„Was hattest du denn?“, fragte die Lehrerin. Lehrerinnen vermuten immer das Schlimmste.

Nele lächelte wieder, um Frau Koch zu beruhigen. „Mir war nur eben ein bisschen schwindelig“, sagte sie.

„In welcher Klasse bist du?“, wollte die Lehrerin dann wissen.

„In der acht a.“

„Ich hoffe, du versuchst nicht, dich auf diese Weise vor dem Unterricht zu drücken?“, forschte Frau Koch.

Nele schüttelte den Kopf. „Bestimmt nicht. Ich geh ja schon.“ Sie lief an der Lehrerin vorbei.

Als Nele aus der Tür wollte, rief Frau Koch ihr hinterher: „Willst du dir nicht die Hände waschen?“

Nele erwiderte nichts. Ich war doch nur hier, um allein zu sein, dachte sie. Aber folgsam wusch sie sich die Hände.

Die Lehrerin schaute ihr zu. Plötzlich meinte sie: „Wenn du ein Problem hast, kannst du gerne einmal mit mir darüber reden. Du kennst mich doch, oder?“

Nele sah auf. „Sie sind Frau Koch“, sagte sie.

Die Lehrerin lächelte. „Gut. Falls du mit mir reden willst, musst du nur einen kleinen Brief in mein Fach legen. Manchmal tut's nämlich gut, wenn man sich einfach mal aussprechen kann.“

Auf dem Weg ins Klassenzimmer dachte Nele darüber nach, wie merkwürdig das manchmal war: Gerade wenn es einem besonders schlecht geht, taucht jemand auf, der einfach nett ist.

Auf dem Nachhauseweg aber befiel sie schon wieder diese beklemmende Angst. Sie saß auf ihrem Fahrrad und trat so langsam wie möglich in die Pedale. Früher war sie mittags fröhlich nach Hause gefahren. Glücklich darüber, dass die Schulstunden vorbei waren und dass sie mit ihrer Mutter alles bereden konnte, was es Neues gab. Nele hatte auch Spaß daran zu kochen. Und es machte ihr nicht einmal etwas aus, nach dem

Essen die Küche aufzuräumen. Solange die Stimmung im Haus gut war, tat Nele alles gern. Aber jetzt?

Nele bog von der Hauptstraße in die Nebenstraße ein, tief in Gedanken versunken, und hörte nur noch, wie jemand „Achtung!" brüllte, und dann spürte sie schon einen Stoß, und ihr Fahrrad kippte um und sie schleuderte auf den Boden. Die Schulmappe, die sie auf den Gepäckträger geklemmt hatte, platzte auf, und all ihre Sachen flatterten auf den Boden. Besonders peinlich fand Nele, dass auch ihr Lipgloss und der Abdeckstift für die Pickel herausgefallen waren, die Papiertaschentücher und das Federmäppchen, das sie irgendwann einmal über und über bekritzelt hatte.

„Hast du dir wehgetan?", fragte jemand und berührte ihren Arm.

Nele sah auf. Ein Junge stand über ihr, ein großer, ziemlich dünner Junge mit dunklen Haaren.

Nele kannte ihn vom Sehen. Er ging in die gleiche Schule wie sie, aber in eine höhere Klasse. Nele schätzte ihn auf fünfzehn oder sechzehn. Er hatte dunkelbraune Augen. Nele hatte sich immer braune Augen gewünscht und ganz lange, schwarze Wimpern.

„Tut dir was weh?", wollte der Junge noch einmal wissen.

Nele runzelte die Stirn. Tut mir etwas weh?, fragte sie sich. Sie konzentrierte sich auf ihre Beine, den Bauch, die Arme, den Kopf. Dann lächelte sie zaghaft. „Ich glaube, ich bin okay", sagte sie. „Was ist eigentlich passiert?"

Der Junge grinste erleichtert, als Nele sich erhob und den Staub von ihrem Rock klopfte. „Keine Ahnung. Ich glaube, du hast einfach geträumt. Du hast mich überhaupt nicht gesehen. Muss ja ein toller Traum gewesen sein."

„Ein toller Traum?" Nele hob die Schultern und schwieg. Sie bückte sich, um die herausgefallenen Sachen wieder in die Schulmappe zurückzulegen. Hastig stopfte sie alle Utensilien hinein, bevor der Junge ihr dabei helfen konnte.

„So, fertig." Nele stand wieder auf.

„Ich hätte dir geholfen", sagte der Junge. „Aber du warst so flink. Ich heiße übrigens Christian. Aber alle nennen mich Chris."

„Ich heiße Nele", erwiderte sie. Ziemlich merkwürdig, so eine förmliche Vorstellung. Normalerweise grinsten die Jungen bloß und verschwanden wieder.

Aber Chris machte immer noch keine Anstalten zu gehen. „Ich glaube, ich habe dich schon ein paar Mal auf dem Schulhof gesehen", sagte er schließlich. „Im Winter hattest du immer so witzige rote Handschuhe an, stimmt's? Sie gingen bis zum Ellbogen, und jeder Finger war in einer anderen Farbe."

„Das hast du gemerkt?", fragte Nele erstaunt.

„Fiel mir einfach auf. Ich interessiere mich für ausgefallene Klamotten. Vielleicht mach ich später mal was mit Mode. Manchmal versuche ich mich in Modezeichnungen." Er lachte verlegen.

Nele nickte. Sie stieg wieder auf ihr Fahrrad. „Entschuldige", sagte sie plötzlich, „ich hab gar nicht gefragt, ob du dir wehgetan hast? Ich hab dich einfach über den Haufen gefahren, oder?"

„So kann man's nennen." Chris grinste. Er schob

den Ärmel seines Hemdes hoch. Am Ellenbogen war die Haut abgeschürft.

Nele wurde blass. Aber Chris beruhigte sie: „Mach dir bloß keine Gedanken deswegen. Ich hab schon ganz andere Sachen mitgemacht, als ich früher mit meinem Skateboard rumgesaust bin. Das hier ist doch bloß ein kleiner Kratzer. Du hast es wohl ziemlich eilig, wie?“

Nele wusste nicht, was sie antworten sollte. „Ich weiß nicht“, sagte sie schließlich. „Eigentlich hab ich überhaupt keine Lust, nach Hause zu fahren, und andererseits ...“

„Also, wenn du keine Lust hast, dann könnten wir doch noch am Marktplatz eine Cola trinken.“ Chris lachte unsicher. „Unsere Bekanntschaft feiern, sozusagen.“

Es war das erste Mal, dass ein Junge Nele fragte, ob sie mit ihm irgendwohin gehen wollte. Das erste Mal eigentlich, dass ein Junge überhaupt von ihr Notiz nahm. Nele war verwirrt, aber richtig freuen konnte sie sich nicht. Es war einfach nicht der richtige Tag für so ein Treffen. Noch vor zwei Tagen hätte sie die Situation genossen und aufregend gefunden. Aber jetzt war alles anders ...

Irgendetwas in ihrem Leben hatte dafür gesorgt, dass sie sich über gar nichts mehr freuen konnte und dass in ihrem Kopf immer nur die Stimme der Mutter war, das Weinen der Mutter – und dieser flehende Gesichtsausdruck ihres Vaters.

„Heute ist es schlecht“, meinte Nele schließlich, da Chris offensichtlich immer noch auf eine Antwort wartete. „Ich bin im Augenblick ziemlich durcheinander, und ich glaube, ich sollte wirklich nach Hause fahren ... Meine Mutter ..., ich meine, meine Eltern ... Also es ..." Sie merkte, dass sie Unsinn redete.

Chris hörte ihr zu, lächelnd, und nickte mit dem Kopf.

Es war klar, dass er nichts verstand. Er hielt das für eine Ausrede. Bestimmt denkt er jetzt, ich habe einen Freund, dachte Nele. Sie versuchte zu lächeln. „Schade, dass das ausgerechnet heute passiert ist", sagte sie.

Chris schaute sie aufmerksam an. „Wäre gestern ein besserer Tag gewesen? Oder morgen? Dann können wir ja morgen noch mal einen Zusammenstoß inszenieren. Oder übermorgen?"

Nele musste lachen. Der Junge war richtig nett. Er wirkte so unkompliziert. Außerdem war er gar nicht arrogant, so wie die meisten Jungen aus ihrer Klasse.

„Ach, ich weiß nicht." Nele zögerte. „Im Grunde ist es wahrscheinlich egal."

„Ich sehe dich ja morgen in der Schule", meinte Chris schließlich. „Jetzt, wo wir uns kennen, Nele, können wir ja mal ein bisschen quatschen, oder?"

Nele nickte. Als sie losfuhr, hatte sie das sichere Gefühl, dass Chris ihr hinterhersah. Sie fuhr deshalb ganz gerade, trat kräftig in die Pedale und schaute sich kein einziges Mal um.

Das Haus sah still aus, wie es sich da unter der Birke duckte. Nele fand, dass die Birke das Schönste am ganzen Garten war: der Stamm so weiß und diese schwarzen Flecken darauf wie bei einem Dalmatinerhund. Und die Äste ganz weich und geschmeidig. Manche von ihnen streiften beinahe zärtlich ihr Fenster, wenn Ostwind war und die Zweige gegen das Haus gedrückt wurden. Und morgens sah sie manchmal einen kleinen Vogel mit grauen Federn, der aufgeplustert in der Astgabel saß und sie anschaute. Das Gartentor war eingeklinkt. Sie ging über die viereckigen Steinplatten auf die Haustür zu, lehnte das Rad ordentlich an die Garageneinfahrt, schaute zum Elternschlafzimmer hinauf und sah, dass die Fenster geöffnet waren. Es roch nach frisch gemähtem Gras. Nele mochte diesen Geruch, besonders am Anfang des Sommers, wenn die kleinen Kamillenblüten in dem geschnittenen Gras trockneten und alles duftete wie frisch aufgebrühter Kräutertee.

Sie schloss die Haustür auf, und plötzlich musste sie an den Jungen denken. Chris ... Ein schöner Name. Und so braune Augen. Braune Augen hatten etwas Sanftes, Geheimnisvolles. Warum war sie eigentlich nicht mit ihm zum Marktplatz gegangen? Er wollte ihr eine Cola spendieren, wollte mit ihr reden, sie kennen lernen. Vielleicht, dachte Nele, hätte er sich in mich verliebt ... Sie öffnete die Haustür, ihr Blick fiel in den Spiegel auf der gegenüberliegenden Wand, und sie ging auf den Spiegel zu und versuchte sich mit den Augen eines Jungen zu sehen. So würde sie auch Chris entgegengehen: mit diesen etwas hängenden Schultern, den großen, aber vorsichtigen Schritten, mit diesem Gesicht, diesem Mund, diesen Augen ... Konnte das einem Jungen gefallen? Er hatte sie schon im Winter beobachtet. Er wusste, dass sie rote, lange Handschuhe mit bunten Fingern trug. War es möglich, dass sie ihm gefiel?

„Mama!", rief Nele. „Ich muss dir etwas erzählen! Kannst du dir vorstellen, dass ich heute beinahe einen Jungen umgefahren hätte? Das heißt, ich habe ihn tatsächlich angefahren. Ich bin mit dem Rad hingeflogen und die ganze Tasche und ich auf dem Boden und das Fahrrad auf mir drauf ..." Jetzt, wo sie es in der Erinnerung durchlebte, leuchteten ihre Augen plötzlich. Sie strahlte. Nachher wollte sie Carla anrufen und ihr alles haarklein erzählen.

Nele schleuderte die Tasche in die Ecke und ging ins Wohnzimmer. „Mama?", rief sie vorsichtig.

„Hier bin ich", sagte Frau Bruckner.

Nele zuckte zusammen. Wie ein Geist tauchte ihre Mutter hinter ihr auf. Nele sah an ihren roten Augenlidern, dass sie geweint hatte.

Frau Bruckner hatte die Hände auf dem Rücken verborgen. Jetzt streckte sie die linke Hand vor und sagte, während sie ein Foto in Neles Hand drückte: „Das ist sie. So sieht sie aus."

Nele ließ das Foto fallen. Es flatterte auf den Boden und blieb, mit der Bildseite nach oben, auf ihrer Schuhspitze liegen.

Nele konnte auf die Entfernung fast gar nichts erkennen. Sie wollte auch nichts sehen.

Aber schon hatte ihre Mutter sich gebückt und hielt ihr das Foto dicht vor die Augen. Nele sah eine junge Frau mit schwarzen, kurzen Haaren, die in die Kamera lachte. Die Frau trug ein weißes T-Shirt und war braun gebrannt. Nele sah alles und verstand dennoch nichts.

„Das war Rhodos“, sagte Frau Bruckner bitter. „Die Reise, die dein Vater im April gemacht hat. Erinnerst du dich? Hinten steht das Datum drauf. Rhodos, 24. April – da steht es.“ Frau Bruckner drehte das Foto um und zeigte auf die Rückseite. „Weißt du noch, wie dein Vater losgefahren ist? Wir haben ihn zum Flugplatz gebracht, wir beide. Sonntagmittag. Es hat fürchterlich geregnet, und auf dem Rückweg hätten wir beinahe diesen Unfall gehabt, weil eine Ölspur auf der Straße war. Erinnerst du dich nicht? Du musst dich doch daran erinnern!“

Nele presste die Lippen zusammen. Sie schüttelte immerzu den Kopf. Es war eine mechanische Bewegung, die bedeutete: Lass mich doch in Ruhe! Hör auf zu reden. Warum quälst du mich so? Warum erzählst du mir das alles? Ich will das doch gar nicht wissen!

„Und wie er zurückkam, dein Vater!“ Die Stimme von Frau Bruckner wurde immer lauter, immer verzweifelter. „Wie er die Geschenke für uns auspackte – erinnerst du dich? Und wie er mir auch noch sagte: ‚Schade, dass du nicht dabei warst, Jutta, es hätte dir gut gefallen.‘“ Sie starrte hasserfüllt auf das Foto und schleuderte es dann auf den Boden.

Plötzlich verlor Neles Mutter die Fassung. Sie schlug die Hände vor das Gesicht und begann hemmungslos zu weinen, krümmte sich, bis sie ganz klein war, eine kleine, zarte Frau.

„Bitte, Mami“, flüsterte Nele verzweifelt, „wein nicht! Bitte!“

Sie presste ihr Gesicht gegen den Rücken der Mutter

und führte sie zum Sofa. Langsam, behutsam, wie eine Kranke.

„Meine Kleine“, flüsterte Frau Bruckner. Sie streckte die Arme nach Nele aus, lächelte, während sie noch immer weinte. Es war ein zärtliches Lächeln, das um Verzeihung bat. „Meine Kleine ... Sei mir nicht böse. Ich weiß, ich sollte mich zusammennehmen, dich da nicht mit reinziehen. Du bist noch so jung. Komm, setz dich zu mir, ja?“ Ihre Stimme war so zärtlich, so hilflos.

Folgsam setzte Nele sich neben ihre Mutter und ließ sich von ihr küssen, bis auch ihr Gesicht ganz nass war von den Tränen der Mutter.

„Meine kleine Nele“, flüsterte die Mutter, „jetzt haben wir nur noch uns, nicht wahr?“

Genau in diesem Augenblick wusste Nele plötzlich, was es heißt, erwachsen zu werden. Was das wirklich heißt: nämlich weniger träumen und mehr Tränen. Dabei hatte sie doch schon so oft geweint, aus Trotz, aus Wut, weil jemand sie beleidigt hatte oder weil sie nicht so schön war wie Carla. Ja, das stimmt, sie hatte deswegen besonders oft geweint.

Aber was war das gegen die Tränen, wenn man erwachsen ist? Ich will nicht erwachsen werden, dachte Nele. Ich will nicht so traurig werden wie Mami! Ich muss an etwas Schönes denken, an irgendetwas ganz anderes, Schönes ...

Laut sagte sie: „Ich hab heute einen Jungen kennen gelernt. Er heißt Chris. Ich bin mit dem Fahrrad fast in ihn reingefahren. Aber er war überhaupt nicht wütend, sondern eigentlich richtig nett.“

Ihre Mutter antwortete nicht. Sie drehte nur ihren Kopf ein wenig zur Seite, sodass auch noch Neles Bluse nass wurde von ihren Tränen.

Nele spürte die feuchte Stelle auf ihrer Schulter. Aber sie wagte nicht, sich zu rühren.

„Ich glaube, in einen wie ihn könnte ich mich verlieben."

Ihre Mutter suchte in der Jackentasche nach einem Taschentuch. Sie rieb sich die Augen, sodass ihre Wimperntusche noch mehr verschmierte, und sagte müde: „Verlieben? Ach, Kind." In einem Ton, als sei Liebe das Scheußlichste, was einem im Leben passieren könnte.

Nele spürte, wie sie sich verkrampfte. Also werde ich auch darüber nicht mehr reden können, dachte sie.

Plötzlich hörte sie ganz laut das Ticken der alten Küchenuhr. Oder war es ihr Herz, das so schlug?

„Nachher geh ich zu Carla", sagte Nele laut in die Stille hinein. „Ich hab mich um drei mit ihr verabredet. Wenn du willst, dass ich hier bleibe, kann ich Carla fragen, ob sie zu uns kommt", schlug Nele vor.

Aber ihre Mutter schüttelte entschieden den Kopf. „Nein, nein, das will ich nicht. Ich halte im Moment keine fremden Leute aus. Ich möchte auch nicht, dass du Carla etwas über deinen Vater oder mich sagst. Niemand soll es erfahren, verstehst du? Das ist unser Geheimnis. Andere Leute weiden sich nur an unserem Unglück. Mitleid hat sowieso keiner."

Sie stand auf, bückte sich nach dem Foto und steckte es, ohne noch einen Blick darauf zu werfen, in ihre Jackentasche.

„Ich mach uns jetzt was zu essen“, sagte sie dann. „Ein Pilzomelette und grünen Salat. Einverstanden?“

Nele lächelte. „Toll“, sagte sie. „Auf Pilzomelette hab ich einen unheimlichen Appetit.“ Dabei zog sich ihr Magen zusammen, wenn sie nur daran dachte.

Carla und Nele saßen am Fluss und warfen Stöckchen und Kiesel ins Wasser. Sie schauten zu, wie sich kleine Strudel bildeten und manchmal die Möwen aus dem Himmel herunterstießen, weil sie dachten, es wäre ein Fisch, was so silbern blinkte. Nele redete, und Carla hörte zu. Nele sprach schon seit einer Stunde, immerzu über ihre Mutter, ihren Vater, über das Foto von der Frau mit den schwarzen, kurzen Haaren, die ihre Arme um die Schultern geschlungen hatte und den Kopf zur Seite geneigt. „So“, sagte Nele, stand auf und machte die Haltung nach. „Und gelächelt hat sie auch. Ich wette, mein Vater hat das Foto gemacht. Ich wette.“

„Woher willst du das wissen?“, fragte Carla.

„So etwas weiß man eben. Die hatte so einen herausfordernden Blick. Man sieht auf dem Foto richtig, dass sie meinen Vater einfangen wollte.“

Carla schaute Nele von der Seite an. „Ich glaube nicht, dass man so etwas auf dem Foto sehen kann. Ich glaube, du siehst Gespenster. Komm, lass uns von etwas anderem sprechen.“ Carla stand auf. „Langsam wird es mir zu viel. Jetzt sitzen wir hier schon über eine Stunde und reden bloß immer nur über deine Eltern. Lass uns irgendetwas machen. Irgendwas Lustiges, ja?“

Nele holte tief Luft. Sie verspürte nicht das geringste Verlangen, etwas Lustiges zu unternehmen. Sie wäre gerne hier sitzen geblieben, an diesem friedlichen Flussufer, und hätte zugeschaut, wie das Wasser vorbeiströmte, ruhig und gleichmäßig.

„Weißt du eigentlich, dass es ein neues Café in der Fußgängerzone gibt?“, fragte Carla. „Bei uns in der Schule reden sie alle davon. Da gibt es Freundschaftseisbecher für zwei Personen, die sind riesig, und man isst aus einem Becher mit ganz langen silbernen Eislöffeln. Tolle Musik sollen sie dort auch haben. Wollen wir uns das mal ansehen?“

„Ich hab kein Geld.“ Nele zögerte. „Außerdem will ich nicht so spät nach Hause kommen. Du weißt doch, meine Mutter ...“

Carla tippte mit dem Zeigefinger gegen ihre Stirn. Empört sagte sie: „Langsam spinnst du aber wirklich, Nele! Kannst du denn an überhaupt nichts anderes mehr denken? Du sitzt da wie ein Trauerkloß, und das schöne, bunte Leben zieht an dir vorbei.“

„Wenn du das mitmachen müsstest, was ich mitmache“, entgegnete Nele, „würde es dir genauso gehen. Haargenau so. Das weiß ich.“

Widerstrebend stand sie auf. „Also gut, ich komme mit. Aber nur für eine halbe Stunde.“

Gegen sieben Uhr kehrte Nele nach Hause zurück. Das neue Café hatte ihr nicht sonderlich gefallen. Wahrscheinlich war es einfach zu voll gewesen, und Carla, die ihre halbe Schule dort wieder traf, hatte plötzlich keine Zeit mehr für sie gehabt. Deshalb bestellte Nele sich nur einen Cappuccino, und eine Viertelstunde später war sie schon wieder auf dem Heimweg.

In der Garage bearbeitete Jan sein Fahrrad. Wütend polierte er an den Felgen herum, schleuderte den Lappen in die Ecke und brummte unverständliches Zeug vor sich hin.

„Sag mal, was ist denn in dich gefahren?“, fragte Nele. „Das sieht ja nach richtig schlechter Laune aus. Seit wann putzt du denn dein Fahrrad?“

„Seit jetzt“, knurrte Jan.

„Und warum auf einmal? Willst du damit den Sauberkeitswettbewerb gewinnen?“

„Ich will bloß meine Ruhe haben“, brummte Jan. „Ich kann das Gerede von Mama nicht mehr länger aushalten.“

„Ach.“ Nele verschränkte die Arme vor der Brust und lehnte sich an die Wand. Neugierig schaute sie ihren Bruder an. „Jetzt merkst du endlich, was los ist. Wird langsam Zeit.“

Jan warf seiner Schwester einen kurzen Blick zu. Man musste ihm Zeit lassen. Besonders, wenn es um Dinge ging, die ihm unangenehm waren, brauchte er eine ganze Weile, bis er damit herausrückte.

Schließlich fing er an zu sprechen. „Mami sagt, sie kennen sich schon lange.“

„Wer?“, fragte Nele. Sie wusste eigentlich genau, wen Jan meinte, wollte aber ganz sicher gehen.

„Papi und diese Frau. Seit Ostern, sagt Mami. Glaubst du, das stimmt?“

„Keine Ahnung“, antwortete Nele. „Hat sie dir auch das Foto gezeigt?“

„Welches Foto?“, fragte Jan.

„Das von der Frau.“

Jan schüttelte den Kopf. Die Speichen blitzten bereits, aber er rieb immer noch emsig weiter.

„Aber ich hab's gesehen. Ich weiß, wie sie aussieht."

„War Papi mit auf dem Bild?", fragte Jan. Seine Stimme klang ganz rau, beinahe schroff. Als wollte er sagen: Eigentlich geht es mich ja nichts an ..., eigentlich ist es mir auch egal ..., aber wo wir nun schon mal davon reden ...

„Nein. Aber Mami sagt, es ist Ostern in Griechenland aufgenommen worden."

Jan nickte. Er legte den Lappen weg und starrte auf seine ölverschmierten Finger.

„Wenn die sich wirklich schon seit Ostern kennen", sagte Nele matt, „dann sind das ja vier Monate. Ganz schön gemein, uns so lange was vorzulügen."

Jan schaute auf. „Ich versteh das alles überhaupt nicht", brummte er. „Was soll das denn? Ich meine, Papi und Mami, die gehören doch nun mal zusammen, wir sind schließlich eine Familie. Also, was soll das ganze Theater?"

Nele musste unwillkürlich lächeln. Jan war richtig süß in seiner Hilflosigkeit. Am liebsten hätte sie ihm einfach einen Kuss gegeben, so wie früher, als er noch klein war und sich nicht dagegen wehrte.

„Du bist in manchen Dingen wirklich unheimlich naiv", sagte sie zärtlich. „Hast du noch nie was von Scheidung gehört?"

„Scheidung?", wiederholte Jan. Seine Augen wurden ganz groß. „Meinst du eine richtige Scheidung?"

„Natürlich, Kleiner. In meiner Klasse sind allein vier Leute, deren Eltern geschieden sind." Nele zählte sie auf. „Zum Beispiel Kerstin. Da haben sich die Eltern scheiden lassen, als sie noch ganz klein war. Sie lebt bei ihrer Mutter und sieht ihren Vater hauptsächlich in den Ferien."

„Ist ja traurig", meinte Jan mitfühlend. „Und die anderen?"

„Also, dann ist da der Andi. Andreas Müller, den kennst du ja. Der lebt auch bei seiner Mutter. Sein Vater hat wieder geheiratet, irgendeine reiche Frau. Er lebt mit ihr in Spanien. Andi bekommt seinen Vater eigentlich kaum zu Gesicht."

„Ist das wahr?", fragte Jan.

„Natürlich! Glaubst du, ich lüge dir etwas vor? Die Dritte ist Sabine. Sie lebt bei ihrem Vater mit dessen neuer Frau."

Jan schaute seine Schwester aufmerksam an. Er hatte plötzlich ein ganz kleines, blasses Gesicht. „Das sind vielleicht miese Geschichten", sagte er plötzlich. „Mir wäre lieber, ich hätte sie nicht gehört. Viel lieber." Er gab dem Fahrrad einen Tritt. „Wozu hast du mir das überhaupt alles erzählt? Willst du mir Angst machen, oder was?"

Nele war ganz erschrocken. „Kleiner", sagte sie tröstend, „wie kommst du denn darauf, dass ich dir Angst machen will? Du hast mich gefragt, und da hab ich's dir erzählt. Mehr nicht. Ich will dir doch keine Angst machen."

„Ich glaube aber doch", sagte Jan. Er schob sich an Nele vorbei zur Tür. „Vielen Dank jedenfalls", sagte er.

„Jan!" Nele lief ihm hinterher. „Komm, sei nicht sauer."

Jan blieb stehen. „In diesem Haus“, sagte er leise, „werden allmählich alle verrückt. Ich möchte bloß wissen, wieso. Wenn das so weitergeht, seht ihr mich jedenfalls nicht mehr viel. Ich hab mein Handballtraining und meine Freunde. Da geh ich lieber zu denen, als zu Hause Trübsal zu blasen.“ Nachdem Jan diesen Entschluss gefasst hatte, schien es ihm besser zu gehen. Sein Gesicht rötete sich, und die Augen schauten schon wieder unternehmungslustig. „Du kannst hier meinetwegen versauern.“

„Danke“, sagte Nele grimmig, „sehr freundlich. Wirklich, vielen Dank. Das ist wieder mal typisch. Der Herr Sohn klinkt sich einfach aus.“

Jan hob die Schultern. „Ich kann ja sowieso nichts machen.“

„Woher weißt du das?“, fragte Nele. „Vielleicht braucht uns die Mami ja.“

Jan schüttelte den Kopf. „Mich braucht sie nicht. Wenn sie jemanden braucht, dann bist du das. Ist doch logisch.“ Er drehte sich um und stapfte davon.

Nele schaute ihm hinterher. Wieso eigentlich immer ich?, fragte sie sich verzweifelt.

Um acht Uhr war Neles Vater immer noch nicht zu Hause. Frau Bruckner saß im Wohnzimmer und schrieb. Als Nele zu ihr ging, um sie zu umarmen, deckte ihre Mutter mit dem Arm hastig das Geschriebene zu. „Du schleichst dich immer so heran“, sagte sie, „da erschrickt man ja richtig.“

„Tut mir Leid. Ich dachte, du hättest mich gehört.“ Es interessierte Nele überhaupt nicht, was ihre Mutter schrieb. Nur, dass sie offensichtlich versuchte, es vor ihr zu verbergen, fand Nele schlimm. Es war für sie ein weiterer Beweis dafür, dass irgendeine böse Art von Virus sich bei ihnen in der Familie eingeschlichen hatte.

Nele machte auf dem Absatz kehrt, holte sich aus der Küche ein Früchtejogurt und ging damit in ihr Zimmer. Voller Verbitterung dachte sie daran, wie ihre Mutter noch mittags gesagt hatte: Jetzt haben wir nur noch uns beide. So, als könnten sie jetzt Freundinnen oder richtige Vertraute werden.

Nele warf sich auf ihr Bett und presste das kleine Schmusekissen aufs Gesicht, um für die Welt unsichtbar zu werden. Ihr war hundeelend zumute. Sie fühlte sich wie der kleine Däumling, der auf dem Seerosenblatt ausgesetzt war und nun den großen, reißenden Fluss entlangtrieb, ein hilfloses Wesen, dem niemand Beachtung schenkte.

Sie fühlte sich einsam und vollkommen leer. Wenn sie ihre Hand auf die Brust legte, konnte sie den Schlag ihres Herzens fühlen. Poch-poch ... Poch. Poch, poch ... Das tröstete sie, aber es erschreckte sie auch. Nele drehte sich auf den Rücken und zog sich die Bettdecke über den Körper. Sie fror. Dabei war es ein warmer, sanfter Sommertag. Einer von diesen Tagen, an denen sie früher alle zusammen im Garten gesessen hatten. Auf dem Tisch ein Windlicht, das Jan und Nele den Eltern zum Hochzeitstag geschenkt hatten, am Boden der Tragekorb mit den Bier- und Limonadeflaschen und der Holzkohlegrill, auf dem die leckeren Fleischstücke brutzelten.

Und dann diese vielen Insekten, die immerzu in die Kerzenflamme flogen und darin verbrannten. Und ihre Mutter, die schon nach einer halben Stunde die Beine voller Mückenstiche hatte, und der Vater, der immer sagte: „Eure Mutter hat eben süßes Blut. Das mögen die Mücken, und ich mag es auch.“ Wie gemütlich diese Sommerabende doch immer waren. Auf den Gartenstühlen zu sitzen, den Tag ausklingen zu lassen. Manchmal ging sogar der Mond auf. Als Nachtisch hatte Neles Mutter an solchen Abenden immer etwas besonders Leckeres zubereitet. Frische Himbeeren mit Puderzucker und süßer Sahne oder eine Schokoladencreme oder rote Grütze mit Vanillesoße. Und wenn Nele dann ins Bett ging und noch einmal aus dem Fenster sah, konnte sie ihre Eltern beobachten, wie sie Arm in Arm die Straße hinuntergingen, um ihren „Verdauungsspaziergang“ zu machen. Wie ein Liebespaar. Nele hatte nie darüber nachgedacht, dass so etwas plötzlich zu Ende sein könnte. Sie konnte es nicht fassen, dass dieses Haus, das so viel Leben und Wärme ausgestrahlt hatte, ihr auf einmal vorkam wie ein Kühlschrank. Man spürte eisige Blicke und hörte Stimmen, die vor Kälte klirrten. Es war schrecklich ...

Hoffentlich ist das bald vorbei, dachte Nele. Hoffentlich! Lange halte ich das nicht mehr aus.

Als sie viel später an ihrem Schreibtisch über einer Physikaufgabe saß, hörte sie, dass ihr Vater nach Hause kam. Früher hatte Neles Mutter dann immer gerufen: „Kinder, kommt runter! Euer Vater ist zu Hause!“

Und ganz selbstverständlich hatte Nele sofort ihre

Sachen beiseite gelegt, um den Vater zu begrüßen. Und er hatte seine große Tochter umarmt und ihr etwas Nettes gesagt, das ihr so gut tat: „Hübsch ist mein Mädchen heute Abend“ oder: „Ist das ein neuer Pulli? Der passt zu deinen Augen.“ Nele hatte sich jeden Abend auf ihren Vater gefreut und darauf, ihm die Ereignisse des Tages erzählen zu können. Er hatte die Arme um sie gelegt und gesagt: „Komm, setz dich einen Augenblick zu uns. Erzähl mir was. Was gibt's Neues in der Schule? Wie geht es Carla? Wer hat dich heute geärgert?“

Vorbei, vorbei. Alles vorbei.

Wie schnell das geht.

Jetzt kommt der Vater nach Hause, schließt die Haustür auf – und alles bleibt stumm.

Man hörte nicht wie sonst seinen fröhlichen Pfiff, mit dem er sich ankündigte, und nicht das zufriedene Seufzen, mit dem er den Autoschlüssel auf die Messingschale warf, hörte nicht, wie er sagte: „Endlich Feierabend. Endlich daheim!“

Man hörte nicht das Lachen der Mutter, nichts, nichts ...

Nele konnte sich nicht auf die Physikaufgabe konzentrieren. Angestrengt horchte sie nach unten.

Aber es war kein Laut zu hören. Es war geradezu beängstigend still. Ob die sich jetzt immer anschweigen?, dachte Nele. Ob das jetzt so bleibt hier im Haus? So totenstill?

In der Nacht hatte Nele einen Traum, aus dem sie mit einem Schrei erwachte. Sie fühlte ihren Körper und merkte, dass sie eine Gänsehaut hatte. Ihr war erbärmlich kalt. In der Dunkelheit hörte sie das leise Schlagen eines Insekts, das immer wieder gegen das Fenster flog.

Was hatte sie geträumt? Sie konnte sich an nichts mehr erinnern, außer an diese Angst, die sie hatte, und die Kälte. Doch ... Es hatte etwas mit einem Haus zu tun. Ein Haus, das auf einer Eisscholle in einem riesigen Meer schwamm. Ihre Eltern waren in dem Haus und Jan. Sie gingen in dicken Pullovern und Pudelmützen umher und schlugen sich gegen die Brust, damit ihnen warm wurde. Und neben ihnen trieben Eisschollen und Eisberge vorbei. Nele stand am Ende der Scholle und schaute auf das Haus, von dem lauter Eiszapfen herunterhingen. Überall Eiszapfen. An den Dachrinnen, den Fensterbrettern, überall. Es gab keine Bäume, keinen Zaun, nichts. Kein Rauchfähnlein aus dem Schornstein. Nele stand weit weg vom Haus und schaute zu, wie es immer eisiger wurde in dem Haus, wie die Eiszapfen bis auf den Boden wuchsen, und plötzlich fühlte sie, wie der Boden unter ihr schwankte, wie es knackte und krachte, und auf einmal, als sie nach unten sah, entdeckte sie einen feinen Riss in dem Eis. Und Wasser, das durch den Riss nach oben drang. Und immerzu dieses Krachen und Schaukeln. Der Riss wurde schnell größer. So schnell, dass sie ihn schon nicht mehr überspringen konnte. Und plötzlich war ihre Eisscholle abgetrennt und das Haus entfernte sich, und um sie herum war nur noch Wasser.

In diesem Augenblick hatte sie geschrien.

Eine Weile blieb Nele bewegungslos liegen. Sie merkte, dass ihre Füße eiskalt waren, aber sie war unfähig, aufzustehen und sich dicke Socken anzuziehen. Sie spürte immer noch, wie ihre Kopfhaut sich vor Entsetzen zusammengezogen hatte, und ihre Haare waren wie elektrisiert.

Sie zwang sich, ruhig zu atmen und auf das helle Viereck des Fensters zu schauen, durch das die Straßenlaterne ein kaltes Neonlicht warf. Dann entdeckte sie auch die Fliege, eine dicke, schwarze Fliege, die wie besessen immerzu gegen das Fenster flog, sich jedes Mal den Kopf stieß, auf das Fensterbrett taumelte, einen Augenblick pumpend da sitzen blieb, bis sie wieder kräftig genug war und einen neuen Flug startete.

Arme Fliege, dachte Nele.

Dann wickelte sie die Bettdecke um die Füße und schlief wieder ein.

„He, Nele", rief jemand. „Glaubst du an den Zufall?"

Nele schob gerade ihr Fahrrad in den Schulhof. Sie schaute zur Seite. Christian ging neben ihr her und grinste. „Also, tust du's, oder tust du's nicht?"

„An den Zufall?" Nele überlegte. Dann schüttelte sie den Kopf. „Ne, eigentlich nicht."

„Gewonnen. Ich komme nämlich nicht gerade zufällig im gleichen Augenblick wie du vorbei. Ich warte hier schon geschlagene sechzehn Minuten."

Nele spürte, wie sie rot wurde. Aber ihr fiel keine passende Antwort darauf ein.

Chris hatte wohl auch nicht damit gerechnet. Er redete gleich weiter. „Mit meinem Arm ist übrigens alles okay. Hat schon gestern Nachmittag nicht mehr wehgetan."

„Also am Anfang doch", sagte Nele.

„Höchstens ein kleines bisschen." Chris lachte. „Wie viel Stunden hast du heute?"

„Bist zur siebten", antwortete Nele.

„Das klappt ja fantastisch. Ich habe heute auch bis zur siebten. Und morgen?"

„Morgen habe ich bloß drei Stunden."

Christian wiegte den Kopf. „Schade. Da haben wir bis zur sechsten. Na ja, jedenfalls klappt es schon mal mittwochs. Soll ich draußen am Tor auf dich warten?"

„Wenn du willst", murmelte Nele verlegen. Sie war vollkommen überrumpelt.

„Klar will ich. Sonst würde ich dich doch nicht fragen, oder?" Sie waren inzwischen bei den Fahrradständern angekommen, und Chris half ihr, das Rad zu sichern. Dabei kamen sie sich mit den Köpfen so nahe, dass seine Haare ihr Gesicht streiften. Nele wurde sofort feuerrot.

Aber Chris tat, als habe er es gar nicht bemerkt. Stattdessen strich er zärtlich mit den Fingern über die Lenkstange ihres Fahrrades.

„Danke, liebes Fahrrad", sagte er fröhlich.

„Wofür bedankst du dich denn?"

„Dafür, dass es geholfen hat, dich endlich kennen zu lernen. Soll ich dir was verraten?"

Nele nickte. Sie schaute sich verlegen um, weil sie nicht den Mut hatte, Chris in die Augen zu blicken. Ihr Herz schlug so wild, dass sie fürchtete, Chris könnte es merken.

„Also, dann verrate ich dir, dass ich dich schon kennen lernen wollte, seit ich auf diese Schule gekommen bin, und das ist genau neun Monate und sechs Tage her. Verrückt, was? Ich bin zu jeder Klassenfete gegangen, zu jedem Schulfest, aber du warst nie da."

„Unsere Klasse macht keine Feste", sagte Nele. „Bei uns ist die Stimmung einfach nicht gut genug. Oder wir haben niemanden, der das organisiert. Ich weiß auch nicht, woran es liegt."

„Dann kommst du eben zu uns, wenn wir feiern", meinte Chris.

Es klingelte.

Chris lächelte Nele an. „Also, bis später! Ich muss mich beeilen. Wir haben die erste Stunde Physik, und ich bin mit dem Versuchsaufbau dran. Nach der siebten, okay?"

„Okay", sagte Nele leise. Als sie den Schulhof überquerte, konnte sie nicht anders, als Chris hinterherzusehen. Er war so groß, dass er fast alle überragte. Sein dunkler Haarschopf war zu erkennen, bis er im Schulgebäude verschwand. Nele schaute auf die Uhr. Es war zehn vor acht. Die siebte Stunde war um zwanzig vor zwei zu Ende. Auf dem ganzen Weg bis ins Klassenzimmer war Nele damit beschäftigt, auszurechnen, wie viele Stunden und wie viele Minuten es bis dahin noch waren. Als sie das Klassenzimmer betrat, lächelte sie wie jemand, der ein schönes Geheimnis hat.

Chris wartete wirklich am Tor. Er begrüßte sie so freudig, als hätten sie sich eine ganze Ewigkeit nicht gesehen, und Nele stellte fest, dass ihr diese Freude unheimlich gut tat. Für einen flüchtigen Augenblick dachte sie daran, dass sich zu Hause niemand mehr freute, wenn sie heimkam. Vielleicht tat es ihr deshalb besonders gut, und vielleicht erwiderte sie sein Lächeln daher so dankbar.

„He", sagte Chris mit einer Stimme, die zwischen Erstaunen und Zärtlichkeit schwankte. „Du kannst ja sogar richtig lächeln! Das finde ich ja toll. Ich dachte, du läufst immer mit diesem traurigen Gesicht herum."

„Ich bin überhaupt nicht traurig", sagte Nele. Dann, nach einer kleinen Pause, fügte sie hinzu: „Bis auf die letzte Zeit vielleicht. Aber sonst nicht." Sie versuchte ihrer Stimme einen unbeschwerten Klang zu geben. „Wenn du mich wirklich schon seit neun Monaten und neun Tagen ..."

„Sechs Tagen", verbesserte Chris.

„Meinetwegen. Neun Monate und sechs Tage. Wenn du mich tatsächlich schon so lange beobachtet hast, dann hast du mich garantiert auch oft lachen sehen."

Chris überlegte einen Augenblick, dann schüttelte er den Kopf. „Oft jedenfalls nicht. Ich hab immer gedacht, das ist ein ernstes Mädchen. Nachdenklich. Und in der letzten Zeit ist mir das unheimlich aufgefallen, wie traurig du gewesen bist. Man hat richtig gemerkt, dass du überhaupt nicht zugehört hast, wenn die anderen Mädchen mit dir geredet haben. Deine Gedanken waren immer ganz woanders."

„Was du alles siehst!"

„Na ja, bei Leuten, für die ich mich interessiere, da mach ich mir schon so meine Gedanken."

Nele erwiderte darauf nichts. Was der sich alles zu sagen traut!, dachte sie. Ich würde das nie fertig bringen. Ich könnte nie mit einem Jungen so reden wie Chris mit mir.

Sie waren inzwischen in die Bahnhofstraße eingebogen, und genau in diesem Augenblick gingen die Schranken herunter. Zusammen mit einem ganzen Pulk von Radfahrern und Schülern, die sich zwischen den Autos hindurchzwängten, mussten sie warten.

„Also dann verrat es mir“, sagte Chris plötzlich.

„Was?“ Nele schreckte aus ihren Gedanken auf.

„Warum bist du so traurig? Hast du Ärger in der Schule?“

Nele schüttelte den Kopf.

„Na, Gott sei Dank! Ich dachte schon, du gehörst womöglich zu diesen Mädchen, die vor lauter Ehrgeiz nicht mehr schlafen können, wenn sie mal nicht die besten Noten haben.“

Nele lächelte schwach. „Ich hab immer die schlechtesten. Jedenfalls in Mathe. Neulich haben wir eine Arbeit geschrieben, da hab ich höchstens eineinhalb Aufgaben richtig gelöst.“

Chris ging darauf nicht ein. „Was ist es denn?“, fragte er. Er schaute Nele aufmerksam an.

Nele schwieg. Sie wich einen Schritt zurück, als plötzlich die Lokomotive herangebraust kam und ihr Haar vom Fahrtwind durcheinander gewirbelt wurde. Der Zug transportierte fabrikneue Autos, rote, grüne, dunkelblaue, silberne, schwarze. Als der Zug durchgerast war, öffneten sich die Schranken, und alles setzte sich in Bewegung.

„Hat es was mit einem Jungen zu tun?“, forschte Chris.

Nele schaute ihn an. Zum ersten Mal blickten sie sich wirklich in die Augen. Er hat schöne Augen, dachte Nele. Unheimlich sanft.

Dann schüttelte sie den Kopf.

„Also, du bist nicht unglücklich verliebt oder so was?“, bohrte Chris weiter.

„Kein bisschen“, sagte Nele.

Da brach Chris plötzlich in ein fröhliches, lautes Gelächter aus. Er schlug mit der flachen Hand auf den Kotflügel eines Renault, der gerade langsam an ihm vorbeifahren wollte, und machte dem Autofahrer mit den Fingern ein Siegeszeichen.

Der Fahrer, ein Oberstufenschüler, hupte zweimal kurz und kurbelte die Scheibe runter. „Na, Chris“, rief er, „hast wohl zu viel Kraft, was? Ich wüsste ein gutes Mittel!“ Und dabei warf er viel sagende Blicke auf Nele.

Chris tippte sich empört an die Stirn. „Fahr bloß weiter, bevor du noch mehr so dumme Sprüche klopfst“, rief er.

Nele hatte inzwischen mit ihrem Fahrrad den Bürgersteig erreicht, und Chris war mit drei Schritten neben ihr.

„Ich wollte dir nur sagen“, meinte Chris nach einem Augenblick, „dass ich jetzt richtig froh bin.“

„Und wieso?“, fragte Nele.

„Weil ich ... Ich meine, weil es ..., na, weil es keinen anderen Jungen gibt. Ich hätte mich ganz schön gehasst, wenn ich ausgerechnet jetzt erfahren müsste, dass alles umsonst war. Weißt du, ich bin nämlich im Grunde total schüchtern.“

„Den Eindruck machst du aber nicht gerade."

„Bei dir ist es auch etwas anderes", sagte Chris.

„Und wieso?"

Chris wirkte plötzlich ganz verlegen. „Das kannst du dir doch denken", sagte er. „Ich hab's doch schon angedeutet, als ich das mit den neun Monaten gesagt habe."

Nele konnte es sich wirklich denken. Und wenn sie ein bisschen in sich hineinhorchte, merkte sie, dass auch sie dabei war, sich in Chris zu verlieben.

Plötzlich hatte sie das Bedürfnis, ihm etwas über sich zu erzählen, etwas, das ihm zeigen sollte, dass sie ihn mochte und ihm vertraute.

„Ich war traurig wegen meiner Eltern", sagte sie. „Bei uns zu Hause ist die Stimmung im Augenblick auf dem absoluten Nullpunkt."

„Ist dein Vater arbeitslos?", fragte Chris.

„Nein, schlimmer. Mein Vater liebt eine andere Frau."

Chris starrte sie an. Seine Augen weiteten sich. „Das ist ja wie in den Romanen, die meine Mutter immer liest."

„Es ist nicht wie im Roman. Es ist das Letzte", sagte Nele vehement. „Es ist überhaupt nicht auszuhalten zu Hause. Meine Mutter sitzt da mit roten Augen vom vielen Weinen, und mein Vater schleicht sich spätabends ins Haus, und keiner redet mit keinem."

„Klingt ziemlich scheußlich."

„Es ist auch scheußlich", sagte Nele. „Und ich sitze zwischen allen Stühlen. Gestern hat meine Mutter mir sogar das Foto dieser Frau gezeigt."

„Du meinst, das Foto der Geliebten deines Vaters?“

Das Wort Geliebte klang so eigenartig, dass Nele beinahe eine Gänsehaut bekam. Kitschig, dachte sie. Und auch gemein und brutal.

Sie hob nur die Schultern und schwieg.

Chris versuchte sie zu trösten. „Vielleicht war es ja nur eine vorübergehende Geschichte. Vielleicht stimmt's ja gar nicht.“

„Ich weiß genau, dass es stimmt, und meine Mutter weiß es auch“, sagte Nele heftig.

Sie gingen eine Weile schweigend nebeneinander her. Nele hatte den Heimweg eingeschlagen, und Chris begleitete sie, ohne eine Frage zu stellen.

Nele fand es angenehm, dass er da war. „Ich habe einen richtigen Hass“, sagte sie plötzlich und blieb stehen.

„Einen Hass – worauf?“

„Ach, auf alles, auf das Nachhausekommen. Am liebsten würde ich überhaupt nicht nach Hause gehen und die mit ihren bekloppten Problemen allein lassen.“

Chris schaute sie an. Er lächelte. „Tu's doch einfach“, meinte er.

Nele schaute ihn an. Für einen Moment überlegte sie, dass es toll sein müsste, wenn Chris jetzt auch ein Fahrrad hätte und sie beide einfach losführen, aus der Stadt hinaus, zum Beispiel in Richtung Dornbach, wo der schöne alte Eichenwald war. Oder zur Schleuse, wo man den Schleusenwärter bei der Arbeit beobachten konnte, wenn einer der Lastkähne vorbeikam. Egal, wohin. Einfach weg. Und Chris immer neben ihr ...

„Natürlich geht das nicht“, sagte sie plötzlich, sich gewaltsam aus ihren Träumen reißend.

Chris lachte. „Schon klar. Geht natürlich nicht.“

Dann schwiegen sie wieder.

„Ich wohne in der Klenzestraße“, sagte Nele. „Willst du etwa bis dahin mitkommen?“

„Wenn's dir nichts ausmacht ...“

Nele schüttelte den Kopf. Nach einer Weile meinte sie plötzlich: „Das muss ziemlich schlimm sein, wenn die Eltern sich scheiden lassen, was denkst du?“

Chris nickte. „Wenn du mich fragst, dann gehört es zu den scheußlichsten Sachen, die einer erleben kann.“ Er schaute Nele an. „Weißt du, dass mir das unheimlich Leid tut?“, fragte er sanft. „Wirklich, ich wünschte, ich könnte dir irgendwie helfen.“

Nele lächelte. Es fiel ihr ganz leicht zu lächeln und ihm in die Augen zu schauen. „Du hilfst mir doch schon die ganze Zeit!“, sagte sie leise.

Nele fühlte sich, als habe sie die warme Sonne immerzu auf dem Gesicht. Vielleicht bewirkte das der Blick, mit dem Chris sie beim Abschied angeschaut hatte, oder es war tatsächlich der schöne Sommertag. Zum ersten Mal an diesem Tag merkte sie, wie blau der Himmel war, und sie hörte in der Rotdornhecke die Vögel singen. Nele wünschte sich manchmal, mehr von allen Dingen zu wissen. Zum Beispiel hätte sie gerne die einzelnen Vögel an ihren Stimmen erkannt, die Haubenlerche und die Blaumeise, den Zaunkönig oder die Schwarzdrossel. Überhaupt war dies ein Tag, an dem man gerne glücklich war.

Nele hörte immer noch die Stimme von Chris und spürte immer noch seine leichte, warme Hand auf ihrem Arm, als er gemurmelt hatte: „Bis morgen, Nele. Ich wünsch dir was. Lass dich nicht ärgern, okay?“ Und dann sein Abschiedsblick, richtig wehmütig. Nele lächelte. Sie überlegte, ob man sich wohl so fühlte, wenn man verliebt war. Dieses Gefühl kannte sie noch nicht, obwohl sie sich immer eingeredet hatte, alles genau zu kennen. Wenn sie mit Carla über die Liebe gesprochen hatte – und sie sprachen oft davon –, dann waren sie beide überzeugt gewesen, dass sie alles im Griff haben würden. Wie man mit einem Jungen Kontakt aufnimmt, wie ein Flirt ablaufen muss, wie man mit ihm redet ... Oh, in der Theorie waren sie beide fantastisch, da hatten sie alles durchgespielt. Aber in der Wirklichkeit, wenn zum ersten Mal tatsächlich ein Junge auftauchte, bei dem man sich so etwas wie Liebe vorstellen konnte, kam man mit der Theorie nicht weit.

Nele versuchte sich genau an jedes Wort zu erinnern, das sie gesagt hatte. Doof habe ich mich verhalten, dachte sie, ganz doof. Nicht ein einziges Mal habe ich etwas Gescheites gesagt. Lächerlich. Er kann mich ja überhaupt nicht interessant finden. Und wie sehe ich überhaupt aus? Ich hätte meine neue Bluse anziehen sollen, die mit den Erdbeerknöpfen. Wenn bloß Mami nicht so schlechte Laune hätte und jedes Mal durchdrehen würde, wenn ich eine frische Bluse aus dem Schrank nehme. Ach, ich hätte mich ganz anders geben müssen. Viel erwachsener. Viel sicherer irgendwie. Was er jetzt wohl von mir hält? Vielleicht ist er ja enttäuscht. Vielleicht aber auch nicht. Er hat so schöne sanfte Augen. Seine Augen lächeln immerzu. Ich glaube, ich habe mich zuerst in seine Augen verliebt. Seine Art zu reden mag ich auch. Er ist nicht so gehemmt wie die anderen Jungen, spricht einfach aus, was er denkt. Ich wünschte, ich könnte das auch ... Ihr Kopf war angefüllt mit diesen Gedanken, als sie ins Haus ging. Sie stellte die Schulmappe auf den Boden und ging direkt auf den Spiegel zu. Sie lächelte ihr Spiegelbild an. Und siehe da: Es lächelte zurück. So übel schaue ich gar nicht aus, dachte Nele. Wenn man mal von den Hüften absieht. Ab heute esse ich kein Gramm Schokolade mehr. Nur noch Müsliriegel statt Gummibärchen. Drei Pfund müssten mindestens noch runter. Dann fände ich meine Figur eigentlich okay ...

Plötzlich fiel ein Schatten auf den Spiegel. Neles Mutter stand neben ihr. „Was machst du denn da so lange vor dem Spiegel?“, fragte Jutta Bruckner.

Schnell wandte sich Nele vom Spiegel ab. „Ich hab bloß über was nachgedacht“, murmelte sie. Nele wollte schnell an ihrer Mutter vorbei, aber dann fing sie ihren flehenden Blick auf.

Ihre Mutter war ganz bleich, und ihre Stimme zitterte, als sie sagte: „Vor zehn Minuten hat dein Vater angerufen.“

Sofort erstarrte Nele. Sie wusste, es war wieder irgendetwas passiert. Irgendetwas Schlimmes. Sie sah, dass ihre Mutter geweint hatte und dass ihre Finger, mit denen sie die Zigarette hielt, zitterten.

„Ja?“, fragte Nele tonlos. „Und?“

„Er fliegt nach Paris“, sagte Jutta Bruckner. „Das hat

er mir am Telefon gesagt. Hat sich plötzlich so ergeben – es geht um eine Busreise. Aber ich glaube ihm nicht."

Nele schloss die Augen. Mir wird schlecht, dachte sie. Sie presste die Hände auf ihren Bauch.

„Ich glaube", fuhr Jutta Bruckner unbeirrt fort, „dass er mit dieser Frau nach Paris fährt. An seiner Stimme habe ich gleich gemerkt, dass er lügt."

Nele schaute ihre Mutter an. Sie spürte ihren Kummer, sah, wie sie verzweifelt gegen die Tränen ankämpfte, wie sie hastig an der Zigarette zog, wie ihre Mundwinkel zuckten. Nele schlang ihre Arme um sie. „Mami", flüsterte sie. „Mami."

Jutta Bruckner drückte die Zigarette im Aschenbecher aus, ohne sich aus Neles Umarmung zu lösen. Dann strich sie ihr über das Haar, mit einer abwesenden, mechanischen Geste. „Du bist ein liebes Mädchen", sagte sie. „Du bist mein Nelekind. Wenn ich dich nicht hätte."

Nele schmiegte sich noch enger an die Mutter. Plötzlich hatte sie den Gedanken, dass sie ihrer Mutter die Zärtlichkeit geben musste, die ihr fehlte. Aber Nele wusste nicht, ob sie die Kraft dazu hatte. Ich möchte auch geliebt werden, dachte sie. Ich möchte auch, dass jemand sich einmal meine Probleme anhört ... Ihr Magen krampfte sich zusammen.

„Du darfst mich heute nicht allein lassen, Nelekind", flüsterte die Mutter, „ich weiß nicht, was ich sonst mache ..."

„Mami!!!", schrie Nele. „Hör auf! Hör auf!" Sie hielt sich die Ohren zu.

„Okay, du hast ja Recht. Ich bin schon still“, sagte ihre Mutter und drückte Nele an sich. „Ich mach schon keine Dummheiten. Ich lass euch nicht im Stich, Jan und dich.“ Mit großer Anstrengung versuchte sie ein Lächeln. Es missglückte kläglich. „Nelekind“, flehte die Mutter, „du musst heute Nacht bei mir schlafen, ja? In Papis Bett! Bitte! Es ist das erste Mal, dass ich dich wirklich um einen Gefallen bitte. Ich hab doch nur dich, Nele! Du bist schon so groß, du kannst mich verstehen. Ich halte das heute Nacht alleine nicht aus.“

Nele seufzte tief.

„Komm, Nele. Sag ja. Und heute Nachmittag machen wir einen Stadtbummel. Wir beide ganz allein. Und ich verspreche dir, dass ich kein einziges Mal über Papi und diese Frau oder über Paris sprechen werde. Wir kaufen uns etwas Schönes. Ein Paar Schuhe für dich, ja? Du wolltest doch so gerne ein Paar weiße Sandalen, hast du neulich gesagt. Sollen wir die heute kaufen?“

„Damals hast du doch gesagt, ich brauche keine neuen Sandalen, weil sowieso meistens schlechtes Wetter ist“, warf Nele ein. Sie konnte sich sehr gut an das Gespräch vor ein paar Wochen erinnern.

„Ach was! Ich höre jetzt auf mit dem Sparen. Dein Vater gibt Unmengen von Geld in Paris aus, und wir sollen uns nicht einmal eine Freude gönnen? Das wäre ja gelacht!“ Sie küsste Nele. „Heute Nachmittag suchen wir dir die schönsten Sandalen aus, die es in der ganzen Stadt gibt.“

Nele schwieg. Sie dachte, ich sollte mich jetzt eigentlich freuen. Wenn Mami das vor zwei Wochen gesagt hätte, wäre ich ihr wahrscheinlich um den Hals gefallen. Aber ich kann mich nicht freuen.

Ich will nicht mit ihr in die Stadt.

Ich will mich nicht mit ihr in ein Café setzen.

Ich will nicht zusehen, wie ihre Hände zittern, wenn sie sich eine Zigarette anzündet, ich will nicht diese dicke Schminkschicht auf ihrem Gesicht sehen, mit der sie vertuschen will, wie schlecht es ihr geht. Ich will nicht ihre müden, traurigen Augen sehen.

Ihre Stimme hören.

Ich will nicht.

Warum kann ich nicht allein sein?

Warum lässt man mich nicht in Frieden?

Ach, Chris.

Sie waren in der Stadt gewesen, Nele und ihre Mutter. Nele hatte weiße, geflochtene Sandalen bekommen, mit einem halbhohen Absatz, die ein Vermögen gekostet hatten. Niemals hätte Nele gewagt, so viel Geld für Schuhe auszugeben, aber ihre Mutter hatte überhaupt nicht auf den Preis geschaut.

„Sie stehen dir toll“, hatte sie gesagt. „Du hast einen ganz kleinen Fuß in den Sandaletten und so schmale Fesseln. Ich wusste gar nicht, dass du so schöne Beine hast.“

Die Verkäuferin, eine ältere Dame mit silbernen Löckchen, hatte gestrahlt. „Das sieht man selten, dass die Mütter sich so gut mit ihren Töchtern verstehen. Wie Schwestern.“ Und zu Nele gewandt sagte sie: „Es muss doch schön sein, mit so einer jungen Mutter zusammen auszugehen, oder?“

„Ja“, hatte Nele erwidert, ohne die Verkäuferin anzusehen. „Sehr schön.“ Und hatte schnell, damit das Gespräch nicht noch peinlicher wurde, hinzugefügt: „Ich nehme die Sandalen bitte ohne Karton.“

Nachher hatten sie im Stadtcafé Baiser mit Himbeersahne gegessen, dazu schwarzen Tee getrunken, der in kleinen Teekännchen aus Silber serviert wurde; vorn an der Tülle baumelte ein silbernes Sieb, und aus den Zitronenscheiben hatte man sogar die Kerne entfernt. Das Baiser hatte eine ganz zarte bräunliche Farbe und war in der Mitte noch ein bisschen cremig, so wie Nele es am liebsten mochte. Es klebte ihr die Zunge an den Gaumen, aber Nele genoss diese klebrige Süße. Je mehr sie davon aß, desto ruhiger wurde sie. Sie schaute sich in dem Café um. Es war das vornehmste Café in der Stadt, die Bänke mit rotem Samt überzogen, und von den Lampenschirmen hingen Schnüre aus Glasperlen, in denen das Licht funkelte. Die Frauen an den anderen Tischen sahen alle aus, als hätten sie für den Besuch im Café ihr vornehmstes Kleid angezogen. Sie saßen da, etwas aufrechter als sonst, mit einem anderen Lächeln als sonst und spreizten den kleinen Finger ein wenig ab, wenn sie mit dem zierlichen Löffel in der Kaffeetasse rührten. Die Kellner trugen schwarze Anzüge und machten ein feierliches Gesicht.

„Gefällt es dir hier?“, fragte Frau Bruckner.

Nele hob die Schultern. „Ich weiß nicht“, sagte sie unsicher. Als sie die Enttäuschung auf dem Gesicht der Mutter entdeckte, fügte sie hastig hinzu: „Aber das Baiser ist toll. Und die Himbeersahne schmeckt richtig nach frischen Himbeeren.“

„Dann ist es ja gut." Frau Bruckner ließ sich in ihren Samtsessel zurückfallen und seufzte. Sie schloss für einen Augenblick die Augen, und Nele sah das Zittern ihrer Mundwinkel und die angespannten Halsmuskeln und diese winzigen, kleinen Schweißperlen, die sich am Haaransatz bildeten.

Wie sie sich zusammenreißen muss, dachte Nele. Und vor Mitleid hätte sie beinahe geweint. Warum sie das wohl tut? Warum wollte sie unbedingt hierher gehen?

Als hätte ihre Mutter die Frage gespürt, öffnete sie die Augen. „Er soll nicht denken, dass ich ohne ihn nicht leben kann. O nein, so ist das nicht. Er soll das nur ja nicht denken", sagte sie.

Nele schwieg.

„Aber vielleicht", Frau Bruckners Stimme klang bitter, „denkt er ja überhaupt nicht darüber nach. Wie spät ist es jetzt?"

„Zehn nach fünf", sagte Nele.

„Zehn nach fünf. Wo wird er jetzt sein? Auf den Champs-Elysées oder im Quartier Latin, was meinst du?"

„Keine Ahnung. Ich war ja noch nie in Paris."

„Auf den Champs-Elysées. Er sitzt sicher im teuersten Café mit ihr und hat völlig vergessen, dass zu Hause eine Familie auf ihn wartet." Frau Bruckner seufzte. Sie trank schnell einen Schluck Tee und winkte dem Ober. Zu Nele sagte sie: „Es ist heiß hier drinnen, oder? Lass uns gehen, ich brauche unbedingt frische Luft."

„Okay", murmelte Nele. Dabei fand sie es kein bisschen heiß in dem Raum.

Als sie gegen halb sieben nach Hause kamen und die Tür aufschlossen, klingelte das Telefon.

„Das ist bestimmt Carla", sagte Nele. Sie nahm den Hörer ab und sagte: „Hier Nele Bruckner."

Einen Augenblick herrschte Schweigen, dann hörte Nele ein Räuspern, und dann sagte ihr Vater: „Ach, du bist es, Nele. Wie geht es dir denn?"

„Es geht so", sagte Nele.

Ihr Vater räusperte sich wieder. „Wie geht es Mami?", fragte er schließlich. „Kümmerst du dich auch schön um sie?"

Nele schwieg.

Ihre Mutter hatte die Pakete ins Schlafzimmer gebracht und kam langsam die Treppe wieder herunter. „Wer ist es?", fragte sie.

Nele legte die Hand über die Sprechmuschel. „Papi."

Frau Bruckner wurde kreidebleich. „Ich will nicht mit ihm sprechen!", flüsterte sie. „Sag ihm, ich bin nicht da!"

Nele nickte. Sie nahm die Hand von der Muschel und sagte: „Mami ist nicht da."

„Nicht da? Wo ist sie denn?", wollte ihr Vater wissen.

„Ich weiß nicht", sagte Nele. Sie hasste es, wenn man sie zwang zu lügen.

„Ist sie schon lange weg? Ist alles in Ordnung? Deine Stimme klingt so komisch, Nele."

„Deine Stimme klingt auch komisch, Papi", sagte Nele. Ihre Mutter stand ganz dicht neben ihr. Sie spürte ihren warmen Atem im Nacken. Sie hörte das nervöse Hüsteln ihres Vaters am anderen Ende der Leitung. Es ist nicht auszuhalten, dachte Nele. Was mache ich hier eigentlich? Wieso soll ich für meine Eltern das Leben regeln?

In diesem Augenblick riss Frau Bruckner ihr den Hörer aus der Hand. Ihre Stimme überschlug sich vor Aufregung, als sie in den Apparat schrie: „Warum rufst du überhaupt an? Was soll das? Langweilst du dich etwa schon? Oder willst du mich kontrollieren?“ Sie umklammerte mit beiden Händen den Hörer. Offenbar sprach jetzt Neles Vater. Frau Bruckner hörte zu, ihr Atem ging stoßweise. Schließlich schluckte sie und sagte ganz leise: „Tu doch, was du willst. Tu's doch! Tu's doch! Aber ich schwöre dir: Eines Tages wirst du im Leben dafür die Quittung bekommen! Alles rächt sich. Alles, hörst du!“ Und dann warf sie den Hörer auf die Gabel.

Als sie sich zu Nele umwandte, war ihr Gesicht kalkweiß. Auch die Lippen waren vollkommen blutleer. Ihre aufgerissenen Augen wirkten unnatürlich groß mit diesen riesigen Pupillen, und sie atmete ganz flach.

Nele umarmte sie heftig. „Mami!“, rief sie verzweifelt. „Mami! Was ist denn los?“

Ganz langsam löste sich die Erstarrung im Körper ihrer Mutter. Nele konnte es fühlen, wie sie weicher und nachgiebiger wurde. Wie die Wärme langsam zurückkehrte. „Er bleibt noch einen Tag“, sagte sie. „Angeblich ziehen sich die Verhandlungen hin, und er muss noch einen Tag länger bleiben. Er kommt erst übermorgen zurück. Aber ich glaube ihm kein Wort. Wahrscheinlich gibt es überhaupt keine Verhandlungen, sondern es geht einzig und allein um diese Frau.“

Nele spürte, wie ihre Kehle sich langsam zuzog.

„Vielleicht hat er ja doch Verhandlungen", meinte sie. Aber sie wusste, dass ihre Stimme nicht überzeugend klang.

Ihre Mutter schüttelte müde den Kopf.

Gegen sieben Uhr kam Jan nach Hause. Er warf einen Blick auf Nele und ihre Mutter, die im Wohnzimmer saßen und auf den Fernseher starrten, und sagte nur: „Mann, das ist ja wieder eine tolle Stimmung hier. Da geh ich besser gleich nach oben." Kurz darauf hörte man, wie er seine Zimmertür zuknallte.

Jan macht sich's einfach, dachte Nele verbittert. Ich hätte auch am liebsten meine Ruhe.

Nele konnte sich nicht erinnern, wann sie zuletzt mit ihrer Mutter zusammen in einem Bett geschlafen hatte. Vielleicht vor ein paar Jahren, als sie krank war, oder in den Ferien, ganz früher, aber richtig erinnern konnte sie sich nicht. Jetzt lag sie in dem Bett, das nach ihrem Vater roch, die Decke bis zum Kinn hochgezogen, ganz starr, und horchte auf die Bewegungen ihrer Mutter. Ihre Mutter war noch im Bad, jetzt kam sie, sie knipste das Licht nicht an, nur ein breiter Lichtstrahl aus dem Flur fiel ins Zimmer und quer über das Bett. Unter Neles Kopfkissen lag der zusammengerollte Schlafanzug ihres Vaters. Nele hatte sich vorgenommen, ihn wegzulegen, wenn ihre Mutter schlief, jetzt wagte sie es nicht, sie wusste selbst nicht genau, warum.

Neles Mutter zog sich ein langes T-Shirt an und wickelte sich einen Seidenschal um den Hals. Das tat sie immer, wenn sie fürchtete, Migräne zu bekommen.

Die Migräne, sagte sie immer, fängt bei mir im Nacken an. Wenn der Nacken kalt wird, bekomme ich automatisch Kopfschmerzen. Dann machte sie das Licht im Flur aus, setzte sich auf den Bettrand, und Nele hörte die Hausschuhe auf den Boden plumpsen. Dann hob sie die Bettdecke hoch und kroch ins Bett.

Nele lag wie erstarrt auf dem Rücken, die Augen gegen die Zimmerdecke gerichtet.

Ihre Mutter wickelte sich die Bettdecke um die Füße und drehte sich dann zu ihr um. Nele spürte ihren Blick, ohne sie anzusehen.

Ihre Mutter streckte die Hand aus und berührte zärtlich ihre Haare. „Danke, Nelekind", flüsterte sie. „Du bist lieb, wirklich. Glaubst du, dass du da schlafen kannst?"

Nele nickte stumm. Sie konnte nichts sagen. Wenn sie etwas gesagt hätte, wäre es eine Lüge gewesen, denn sie war sicher, dass sie keine Sekunde ein Auge zubekommen würde.

„Wenn dir kalt ist", sagte ihre Mutter, „kannst du auch näher kommen."

„Mir ist aber nicht kalt", sagte Nele.

„Sei froh. Mir ist jetzt immer entweder ganz kalt oder ganz heiß. Aber meistens ist mir ganz kalt. Das wirst du auch noch merken, Nele. Eines Tages, wenn du Liebeskummer hast. Dann friert man immer. Es ist das Herz, glaube ich, das dann friert."

Zum ersten Mal an diesem Abend dachte Nele an Chris. Ob mir auch kalt sein wird – eines Tages?, dachte sie. Ob ich auch einmal so unglücklich sein werde wie Mami?

Nun, da das Licht im Flur ausgeschaltet war, lag das Zimmer vollkommen im Dunkeln. Nele wagte nicht, sich zu bewegen. Ihre Mutter warf sich unentwegt im Bett hin und her. Sie konnte die Haare und die Haut ihrer Mutter riechen und diesen besonderen Geruch von der Nachtcreme, die sie benutzte. Nele wusste nicht, ob ihr das eigentlich unangenehm war oder ob es etwas anderes war, was sie so unglücklich machte: Je mehr die Mutter in eine erschöpfte, unruhige Schläfrigkeit fiel, desto heftiger wünschte Nele sich, in ihrem eigenen Bett zu sein.

Niemals werde ich einschlafen können, dachte sie. Aber dann war sie doch eingeschlafen. Sie schreckte hoch, weil sie das Gefühl hatte, keine Luft zu bekommen. Sie richtete sich auf und starrte in die Dunkelheit. Einen Augenblick wusste sie nicht, wo sie war. Sie tastete mit den Händen nach rechts, wo in ihrem Zimmer die Nachttischlampe war, aber da fühlte sie nur das andere Bett, die warme Stelle, wo ihre Mutter gelegen hatte, und schlagartig war sie hellwach.

„Mami?“, flüsterte sie.

Aber sie bekam keine Antwort.

Nele sprang aus dem Bett und lief zum Lichtschalter neben der Tür. Als die alte Deckenlampe aufflammte, blinzelte sie. Das Licht tat ihren Augen weh. Das Bett ihrer Mutter war leer.

Nele lief in den Flur und lauschte. Da hörte sie das Schluchzen ihrer Mutter. Es klang wie kleine, erstickte Schreie, mal lauter, mal leiser, und dann, ganz tief, ganz lang gezogen, so ein Seufzen, das einem das Herz zerschnitt.

Nele ging zur Badezimmertür und legte die flachen Hände dagegen. Sie presste ihr heißes Gesicht gegen die Tür und flüsterte: „Mami! Bitte! Hör doch auf zu weinen! Geh wieder ins Bett, Mami, bitte."

Ihre Mutter hörte nicht. Das Weinen klang wie die Trauer eines ganz kleinen Kindes, das tröstende Worte noch nicht versteht. Es klang wie das Weinen eines Menschen, der vollkommen einsam ist.

Nele drückte die Klinke herunter. Das Bad war verschlossen. „Mami!", schrie sie und trommelte mit den Händen gegen die Tür. „Mami! Mami!"

Sie wartete einen Augenblick. Aber das Schluchzen hörte nicht auf.

Nele rannte in Jans Zimmer, zog ihm die Bettdecke weg und schrie: „Jan! Jan! Wach auf! So wach doch endlich auf, Mensch!"

Jan fuhr aus tiefem, traumlosem Schlaf auf. Seine Haare waren zerzaust, und er zwinkerte verschlafen. „Was ist los?", brummte er. „Was machst du denn für einen Terror? Wie spät ist es überhaupt?"

„Keine Ahnung, ist doch völlig egal. Du musst mir helfen, Jan. Mami ist im Badezimmer!"

„Na und?"

„Sie hat sich eingeschlossen, du Idiot!"

Jan schaute seine Schwester verwirrt an. „Das tut sie doch immer."

„Aber sie weint da drinnen, Mensch! Es hört sich schrecklich an. Was können wir tun?"

Irgendwie begriff Jan, dass Nele wirklich vollkommen verzweifelt und in höchster Panik war. Er sprang aus dem Bett – seine Beine verwickelten sich mit den

Schnüren seines Walkmans, mit dem er abends immer ins Bett ging, und er schimpfte leise vor sich hin.

Als sie zum Bad kamen, hatte sich nichts verändert. Nur das Weinen, so schien es Nele, war anders geworden. Ruhiger. Leiser. Aber noch verzweifelter.

Jan schaute seine Schwester an. Er hatte plötzlich eine ganz weiße Nase, auf der die Sommersprossen wie schwarze Punkte wirkten. Seine Nase war so spitz wie die einer kleinen Maus. Er wirkte sehr jung und sehr hilflos.

„Warum weint sie denn so?“, fragte Jan. Seine Stimme zitterte.

„Das weißt du doch. Wegen Papi“, antwortete Nele leise.

„Wo ist Papi denn überhaupt?“

„In Paris. Mit dieser anderen Frau.“

Jans Augen weiteten sich. „Nein!“, sagte er.

Nele nickte. „Morgen kommt er auch noch nicht nach Hause. Deshalb hab ich ja heute bei Mami geschlafen. Vorhin wachte ich plötzlich auf; da war sie schon im Bad.“

Jan klopfte gegen die Tür. „Mami!“, rief er. „Mach auf! Ich muss mal aufs Klo. Beeil dich!“

Tatsächlich hörte das Weinen auf. Der Wasserhahn brauste, und einen Augenblick später wurde der Schlüssel herumgedreht, und die Mutter stand vor ihnen. Ihr Gesicht war verquollen, die Augen waren ganz rot. „Was ist los?“, fragte sie. „Unten ist doch auch noch ein Klo.“

Jan schaute seine Mutter an. Ganz lange. Beinahe neugierig. Er erforschte ihr Gesicht, als versuchte er etwas zu verstehen, das er einfach noch nicht begreifen konnte. „Ich kann nicht schlafen, wenn du so weinst", sagte er.

Frau Bruckner schloss die Augen. „Schon gut", murmelte sie müde, „ich hör auf zu weinen, ich versprech's euch. Geht wieder ins Bett. Du kannst auch in dein Zimmer gehen, Nele. Es ist alles in Ordnung. Geht wieder schlafen."

„Aber ich will nicht in mein Zimmer gehen", entgegnete Nele.

„Doch. Geht nur. Es ist alles okay."

„Das stimmt doch gar nicht", sagte Nele.

Frau Bruckner öffnete die Augen. Sie schaute Nele an wie einen Fremden. Das machte Nele noch mehr Angst. Schließlich sagte Frau Bruckner: „Warum lasst ihr mich nicht in Ruhe? Kann man in diesem Haus nicht einmal so traurig sein, wie man gerne möchte? Darf man in diesem Haus nicht einmal mehr weinen? Nicht einmal mehr das?" Sie ballte die Fäuste und presste sie gegen den Türrahmen.

Nele und Jan waren wie erstarrt. Ganz vorsichtig gingen sie Schritt für Schritt zurück.

„Schon gut, Mami", flüsterte Nele. „Wir wollten dir nur helfen. Wirklich, wir wollten ..."

„Aber ihr könnt mir doch nicht helfen! Merkt ihr das denn nicht?" Wieder stürzten die Tränen aus den Augen der Mutter.

Jan nahm Neles Hand und murmelte: „Komm. Lass sie allein. Du merkst doch, was los ist. Hör auf, mit ihr zu reden. Das bringt nichts."

Nele nickte. Noch als sie in ihrem Zimmer stand,

vor Kälte und Müdigkeit und Verzweiflung zitternd, hörte sie diese Stimme der Mutter, und sie dachte, es ist wahr, die Stimme klingt wie eine zerbrochene Schüssel. Eine Stimme wie lauter Scherben.

Nele fühlte sich am nächsten Morgen noch wie benommen. Es war ihr, als habe sie die Nacht in einem ratternden Zug verbracht, der immerzu auf einem Gleis zwischen den Weichen hin und her rangiert wurde.

Nele verstand während der ersten zwei Stunden, in denen der Direktor über die neue Schülermitverwaltung sprach, nicht ein einziges Wort. Sie saßen in der Aula, dicht gedrängt, neben ihr Sonja, die immerzu über irgendetwas kicherte und jemandem in der zweiten Reihe ständig irgendwelche Botschaften signalisierte. Der Direktor sprach von der großen Verantwortung und der Reife, die diese Aufgabe von jedem einzelnen Schüler verlangte. Er redete davon, dass Mitverantwortung keine Spielerei sei und dass die Schüler nun nicht mehr auf der einen Seite und die Lehrer auf der anderen Seite stünden, sondern dass sie alle für die gleiche Sache kämpfen wollten. Ein leises Flüstern begann.

Nele schaute sich erstaunt um. Da sie überhaupt nicht richtig zugehört hatte, verstand sie nicht, warum jemand tuschelte. Als sie den Kopf wandte, schaute sie direkt in die strahlenden Augen von Chris, der schräg hinter ihr saß. Chris hob leicht den Arm und deutete mit dem Mund ein „Hallo“ an. Nele wurde sofort feuerrot. Aber dennoch schaffte sie es, Chris zuzulächeln.

Als sie wieder nach vorn blickte, sprach der Direktor immer noch. Nele fühlte den brennenden Blick von

Chris in ihrem Nacken und überlegte, ob ihr Hals womöglich genauso rot wurde wie ihr Gesicht. Sie schaute an sich herunter und fragte sich, warum sie an diesem Morgen kein bisschen darüber nachgedacht hatte, was sie anziehen sollte.

Wieder einmal war ihr nichts Besseres eingefallen als Jeans und ein Sweatshirt. Sie stellte auch verblüfft fest, dass sie nicht einmal die teuren Sandalen angezogen hatte. Die lagen immer noch, in Seidenpapier eingewickelt, in einer Tüte irgendwo im Schlafzimmer ihrer Eltern.

Nele atmete tief durch. Nein, nicht daran denken. Nicht schon wieder daran denken, wie Jan und sie sich heute Morgen allein ihr Frühstück zubereitet hatten, schweigend, während die Mutter oben im Schlafzimmer telefonierte, bei geschlossenen Türen, ein Dauertelefonat. Mit wem, wussten sie nicht.

Der Direktor hatte aufgehört zu reden. Und jetzt tippte Chris ihr von hinten auf die Schulter. „Ich wette“, raunte er ihr ins Ohr, „du hast nicht ein einziges Wort von dem mitbekommen, was der Meier erzählt hat.“

„Woher weißt du das?“, flüsterte Nele.

„Weil ich dich beobachtet habe.“

Nele schaute in seine strahlenden Augen. Eigentlich, dachte sie plötzlich, geht es mir schon viel besser. Wenn Chris immerzu da wäre und ich immerzu seine Stimme hören und seine Augen sehen könnte – dann müsste es mir eigentlich richtig toll gehen!

Um sie herum begann das große Stühlerücken und Scharren und Reden und Rempeln. Chris und sie wurden vom Strom der Schüler mitgezogen, dabei berührten sich ihre Schultern, ihre Arme, ihre Hände. Für eine kleine Sekunde fasste Chris ihre Hand und presste sie. „War's schlimm zu Hause?", fragte er mitfühlend.

Nele nickte bloß. Wieder saß der Kloß verdächtig hoch oben im Hals. „Es ist das blanke Chaos", sagte sie.

Chris schaute sie an. „Ich würde dich so gern auf andere Gedanken bringen", sagte er. „Dir geht's schlecht, stimmt's?"

Nele versuchte zu lächeln. „So schlimm ist es auch wieder nicht."

„Ich glaube dir kein Wort."

Nele warf ihm einen kurzen, dankbaren Blick zu. Dann gingen sie schweigend weiter.

„Was hältst du von einem Spaziergang heute Nachmittag?", fragte Chris. „Ich muss nämlich auf den Hund meiner Schwester aufpassen. Das ist so ein verrückter Setter, weißt du, der will stundenlang durch die Wälder rennen. Ein Full-time-Job. Ich dachte, du hast vielleicht Lust, mir Gesellschaft zu leisten. Heute ist ja so ein unheimlich schöner Tag – falls dir das überhaupt aufgefallen ist."

Nele lachte. „Ist mir tatsächlich bisher noch nicht aufgefallen. Wann willst du denn mit dem Hund losgehen?"

„Wann du willst. Was hältst du von drei Uhr?"

„Drei Uhr ist prima."

„Okay. Ich komm dann bei dir vorbei. Bis dann." Chris lächelte ihr noch einmal zu und verschwand.

Der Setter hatte ein weiches, welliges, kastanienbraunes Fell und ganz helle, sanfte Augen. Er rannte ständig vor ihnen her, bog rechts und links vom Waldweg ab, riss Unkraut mit der Wurzel aus, zerbiss grüne Äste, aus denen noch der Saft tropfte, und sprang den aufflatternden Spatzen nach. Nele mochte den Hund. Sie hatten in der Familie nie einen Hund gehabt. „Meine Mutter hat immer gesagt, einen Hund zu halten, das geht nur in Familien, in denen die Frau nicht berufstätig ist", sagte Nele. „Wahrscheinlich hatte sie Recht, als sie sagte, dass die meiste Arbeit doch an ihr hängen bleiben würde. Mein kleiner Bruder Jan würde immer nur bei Sonnenschein mit dem Hund spazieren gehen und wenn er gerade nichts Besseres zu tun hat."

„Genau wie ich", meinte Chris trocken.

Nele musste lachen. „Jan ist anders. Er hilft nicht mit bei der Hausarbeit, und jetzt, wo wir das große Problem haben, da macht er sich einfach unsichtbar."

„Ich kann ihn schon verstehen", sagte Chris. „Wahrscheinlich würde ich mich genauso verhalten."

„Das glaube ich nicht", platzte Nele heraus.

Chris sah sie an. „Wirklich?"

Nele merkte, wie sie rot wurde.

Der Hund kam zurück mit einem morschen Ast und legte ihn Chris vor die Füße. Chris hob ihn auf und schleuderte ihn ein ganzes Stück weg. Sie schauten zu, wie der Setter pfeilschnell hinterherlief und versuchte, den Stock noch während des Fluges zu fangen.

Auf einmal hatte Nele das Bedürfnis, Chris von sich und ihrer Familie zu erzählen. „Weißt du, meine Mutter hat früher auch mitgearbeitet im Reisebüro. Sie hat das, glaube ich, ziemlich gern getan. Zuerst war das Reisebüro noch ganz klein, noch ohne Angestellte. Damals wohnten wir in einer ziemlich kleinen Wohnung. Jan und ich haben in einem Zimmer geschlafen, in Etagenbetten. Mir gefiel's gut in dem Haus, und meine Freundin Carla wohnte auch da. Meine Eltern verstanden sich ganz prima, obwohl wir recht beengt lebten. Jetzt haben wir zwar viel Platz, ich habe ein riesiges Zimmer und alles, aber ich fühle mich lange nicht so wohl. Bei uns ist eine Stimmung wie in einem Kühlschrank."

„Wieso arbeitet deine Mutter denn nicht mehr im Reisebüro mit?", fragte Chris.

„So genau weiß ich das auch nicht. Ich glaube, Mami fand die Veränderung im Reisebüro nicht so gut. Besonders die Sache mit den Busreisen gefiel ihr nicht. Sie hat meinem Vater einmal gesagt, er würde die Leute ausnehmen. Da ist Papi natürlich sauer gewesen. Sie haben ziemlich viel über diese Sache gestritten, bis Mami gesagt hat: ‚Okay, dann ist es wohl besser, wenn du das alleine machst.' Von da an ist sie auch nicht mehr mitgefahren, wenn Papi neue Hotels getestet hat." Nele kickte einen Stein zur Seite. „Na ja, und dann ist es eben passiert."

„Was?"

„Dass er diese Frau kennen gelernt hat und dass er die jetzt viel mehr liebt als uns."

„Hat er das wirklich gesagt?", fragte Chris verblüfft.

Nele schüttelte den Kopf. „So direkt nicht."

„Also indirekt. Oder wie?"

„Na ja ..." Nele holte tief Luft. „Es ist ja eigentlich

alles sonnenklar. Da braucht er doch nicht mehr viel zu erzählen. Mami hat mir das ja ziemlich genau berichtet. Ich glaube nicht, dass ich mir das auch von meinem Vater noch mal anhören muss. Das macht einen nämlich ziemlich fertig, verstehst du. Total fertig."

Chris schaute Nele mitleidig an. „Klingt ziemlich übel", sagte er. „Klingt so, dass ich nicht in deiner Haut stecken möchte."

Eine Weile schwiegen sie.

Nele, die immer noch über die letzten Sätze nachdachte, fragte plötzlich: „Hättest du denn an meiner Stelle mit deinem Vater geredet? Ich meine, hättest du echt gesagt: ‚Hör zu, Papi, ich will das jetzt mal ganz genau wissen mit dieser anderen Frau'? Hättest du das fertig gebracht?"

Chris zögerte. „Schwer zu sagen. Aber es gibt so eine alte Weisheit, die mein Großvater mir immer gesagt hat: Höre erst beide Seiten, und dann entscheide. Weißt du, Nele, du kennst ja nur die Version deiner Mutter. Vielleicht stimmt sie ja nicht ganz? Es ist doch immerhin möglich, dass dein Vater alles vollkommen anders sieht. Vielleicht hat er ja auch zu Teilen Recht."

„Er soll Recht haben?", fragte Nele empört.

Chris schaute Nele hilflos an. „Das war nur so eine Idee", sagte er. „Ich weiß es doch auch nicht. Ich denke nur, dass nie einer allein der Bösewicht ist. Da kommen bestimmt viele Dinge zusammen, bis eine Ehe kaputtgeht. Kann ich mir jedenfalls vorstellen."

Nele warf Chris einen langen Blick zu, dann wandte sie sich ab und ging mit großen Schritten weiter.

Chris hatte Mühe, ihr zu folgen. „Nele", sagte er zaghaft. „Du, ich meinte doch bloß ..."

Nele sagte nichts. Sie blieb aber stehen und strich sich mit einer langsamen Geste die Haare aus dem Gesicht. Sie hob die Augen und schaute zwischen den Baumkronen in den Himmel. Vögel kreisten da oben. Und kleine Wolken zogen rasch vorbei. Nele wusste nicht, an was sie dachte. Sie wusste nicht, was sie fühlte. War sie traurig? Oder vielleicht das Gegenteil von traurig? Sie versuchte nach innen zu schauen, in ihr Herz, und blickte gleichzeitig nach oben, den Wolken nach, die so rasch über den Himmel zogen.

Chris tat einen Schritt auf sie zu. Er legte vorsichtig seine Hand auf die Schulter von Nele.

Nele schaute ihn nicht an. Krampfhaft konzentrierte sie sich auf das kleine Stückchen Himmel.

Chris räusperte sich. Seine Stimme war fast heiser. Er sagte: „Ich schätze, ich rede ziemlich viel Blödsinn."

„So?", fragte Nele.

„Ich meine", sagte Chris, sich wieder räuspernd, „das klingt so, als wenn ich viel von Liebe verstehen würde. Das ist natürlich totaler Schwachsinn. Ich hab überhaupt keine Ahnung. Ich hab nur so dahergeredet, weißt du. Einfach nur so dahergeredet."

„Mhm", machte Nele. Jetzt war der Himmel über ihr ganz blau. Kein einziges Wölkchen war zu sehen. Und die Vögel waren auch weg.

„Wahrscheinlich ist es ganz anders", sagte Chris.

„Was?"

„Das mit der Liebe."

„Und wie ist es dann?“, fragte Nele leise.

Chris drehte Nele zaghaft an den Schultern zu sich herum, bis Nele überhaupt nicht mehr anders konnte, als ihn anzusehen. Und wie jedes Mal, wenn sie in seine Augen sah, schlug ihr Herz ein bisschen schneller. Und ganz automatisch begann sie zu lächeln.

„Es ist bestimmt so, wie du es dir vorstellst“, sagte Chris verlegen.

Sie standen sich jetzt ganz nah gegenüber. Höchstens eine Handbreit waren ihre Gesichter voneinander entfernt. Nele konnte jede einzelne seiner Wimpern erkennen. Und die feinen hellbraunen Sommersprossen auf seiner Oberlippe.

„Aber ich stelle mir überhaupt nichts vor“, sagte Nele. Und dann beugte sie sich noch ein ganz kleines bisschen weiter vor und küsste ihn ganz schnell auf den Mund. Chris zuckte nicht zurück. Er schien auf diesen Kuss gewartet zu haben. Seine Hände legten sich ein wenig schwerer auf ihre Schultern, und dann drängten sie sich eng zusammen, und Chris küsste sie, und dann küsste wieder Nele ihn und dann wieder er sie, und wenn Nele ganz kurz für einen Wimpernschlag die Augen öffnete, sah sie, dass er die Augen geschlossen hatte, und das machte sie, aus einem Grund, den sie nicht verstand, ganz besonders glücklich.

Irgendwann war dieser erste, lange, wunderschöne Kuss ihres Lebens vorbei. Sie lösten sich voneinander und blieben, einen halben Meter entfernt, stehen und sahen sich an. Beide lächelten verlegen, aber ihre Augen strahlten. Himmel, dachte Nele verwundert, ich glaube, ich bin ganz wahnsinnig glücklich. Ich fühl mich auf einmal so leicht.

Wie ist denn das möglich?

Eben noch todunglücklich – und jetzt das?

Ob ich so ein Leben überhaupt aushalte?

Am Freitagabend kam Peter Bruckner aus Paris zurück. Und Nele, die ihn zuerst begrüßte, dachte verblüfft: Er sieht aus wie immer. Er lachte, küsste seine Tochter, legte ihr den Arm um die Schulter und fragte, wie es ihr gehe.

Nele beobachtete ihn. Und sie spürte, wie der Zorn in ihr immer größer wurde. Wie kann er so tun, als wenn nichts wäre?, dachte sie. Wie schafft er das überhaupt? Wie kann man sich bloß so verstellen?

Jan war oben in seinem Zimmer. Er stürmte die Treppen herunter, als er die Stimme des Vaters hörte, und warf sich ihm in die Arme. „Hallo, Papi! Toll, dass du wieder da bist."

Ein bisschen verblüfft schien Neles Vater jetzt. „Das ist aber eine stürmische Begrüßung", sagte er lachend. „So kenne ich meinen Sohn ja gar nicht. Das klingt ja beinahe, als ob du mich vermisst hättest!"

Jan schaute zu seinem Vater hoch. Sein Gesicht war ganz ernst. Er nickte bloß, wandte sich ab und rannte die Treppe wieder hoch.

In der Küche stand Jutta Bruckner und zerschnitt Tomaten in kleine Stückchen, die sie dann um die Röllchen mit gekochtem Schinken garnierte.

Sie schaute nicht hoch, als ihr Mann die Küche betrat. Sie wich aber auch nicht aus, als er sie auf den

Nacken küsste und mit dem selbstverständlichsten Gesicht der Welt meinte: „Hallo, Schatz. Da bin ich!"

Nele stellte fest, dass ihre Mutter ein neues Kleid trug. Dunkelblaue Seide mit kleinen roten Mohn- und weißen Margeritenblüten. Es hatte einen spitzen Ausschnitt und kurze Ärmel. Nele fand, dass ihre Mutter darin unheimlich schlank aussah und sehr schön. Sie war auch sorgfältig geschminkt und sah beinahe strahlend schön aus.

Wenn ich es nicht genau wüsste, dachte Nele, würde ich nicht auf die Idee kommen, dass sie die letzten zwei Tage und Nächte immerzu geweint hat.

„Ist das ein neues Kleid?", fragte Peter Bruckner.

Seine Frau schaute nicht auf. Nur ein kleines ironisches Lächeln spielte um ihren Mund. „Erstaunlich, dass dir so etwas überhaupt noch auffällt. Ich dachte, du hast jetzt nur noch Augen für die andere."

Peter Bruckner atmete tief durch. „Ach", sagte er gedehnt, „so ist das also. Willst du gleich wieder davon anfangen, ja?"

Frau Bruckner warf das Messer in die Spüle, wischte ihre Hände am Geschirrtuch ab und schaute ihrem Mann in die Augen. „Ob jetzt oder später, was macht das für einen Unterschied?"

„Ich dachte, wir könnten wenigstens mit den Kindern erst ein gemütliches, ruhiges Abendessen haben."

Frau Bruckner lachte grimmig. „Ihr Männer wollt es euch immer schön einfach machen, nicht wahr? Nach Hause kommen und heile Welt spielen und so tun, als sei nichts gewesen. Das hättest du gerne, oder?"

Peter Bruckner seufzte. Er warf einen unsicheren

Blick zu Nele, die immer noch in der Tür stand und nicht wusste, warum sie nicht einfach weglief, statt sich das alles anzuhören.

„Ich habe dir etwas mitgebracht, Nele", sagte der Vater plötzlich. „Den neuesten Schrei aus Paris! Hoffentlich gefällt es dir. Warte. Es ist noch in meinem Koffer. Für dich habe ich auch etwas, Jutta."

„Das kannst du behalten, ich brauche es nicht."

Peter Bruckner seufzte. Er legte den Arm um Neles Schultern und führte sie aus der Küche. „Ich hab mir ziemlich viel Mühe mit dem Aussuchen gemacht. Hoffentlich gefällt es dir auch." Bedächtig nahm er eine goldbedruckte Tüte aus dem Koffer und reichte sie ihr.

„Danke", sagte Nele.

In der Tüte war ein in Seidenpapier eingeschlagener Badeanzug, gelb, mit aufgemalten Palmen und einem Affen, der in den Palmen herumturnte. Ihr Vater schaute mit verlegenem Lächeln zu, als Nele sich den Badeanzug auf den Körper hielt.

„So etwas tragen die Französinnen in diesem Sommer, habe ich mir sagen lassen. Sieht er nicht lustig aus?"

Nele nickte. Der Badeanzug gefiel ihr wirklich. Sie gab ihrem Vater einen kleinen Kuss. „Danke", sagte sie.

Der Vater schien auf diese zärtliche Geste gewartet zu haben. Beinahe flehentlich umarmte er seine Tochter, strich sanft eine Haarsträhne aus ihrer Stirn und sagte: „Du weißt doch, dass ich dich lieb habe, Nele! Das weißt du doch!"

Nele erstarrte in seinen Armen. Sie antwortete nichts.

Ihr Vater streichelte ihren Rücken. „Ich möchte euch nicht wehtun, Nele. Dir nicht und Jan nicht und deiner Mutter nicht. Ich habe euch alle lieb. Wirklich. Richtig lieb. Das musst du mir einfach glauben."

Nele schloss die Augen. Sie hätte jetzt gerne etwas gesagt, etwas wirklich Gutes, etwas von der Art, wie die Leute im Film es bei solchen Gelegenheiten immer sagen.

Aber was sollte sie sagen? Was? Sollte sie ihm erzählen, dass seine Frau zwei Nächte lang im Badezimmer gesessen und geweint hatte?

Sollte sie ihm erzählen, dass Jan Angst hatte? Angst davor, dass alles auf einmal kaputtging? Sollte sie ihm erzählen, dass sie das Foto dieser Frau gesehen hatte, mit der er in Paris gewesen war? Was sollte sie sagen? Was?

Sie löste sich aus seiner Umarmung und drehte sich weg.

„Ich bring den Badeanzug eben nach oben in mein Zimmer", sagte sie.

Ihr Vater nickte. Dann sagte er: „Willst du ihn nicht erst der Mami zeigen?"

„Nein", erwiderte Nele, „ich glaube nicht, dass es sie interessiert."

Ihr Vater schaute zuerst verwirrt, dann legte sich ein Schatten über seine Augen, und er senkte den Kopf. „Ja, ja", murmelte er, „natürlich. Ich nehme an, du hast Recht."

Nele legte den Badeanzug oben in das Fach ihres Kleiderschrankes. Als sie sich umdrehte, stand ihr Vater plötzlich vor ihr.

Er hatte so etwas Müdes, Verzweifeltes, Einsames in seinem Blick, dass Nele sofort wieder wegschauen musste.

„Nelekind“, sagte ihr Vater leise, „kann ich einen Augenblick mit dir reden? Unter vier Augen?“

Nele hob die Schultern. Dann nickte sie.

Peter Bruckner zog die Tür hinter sich zu. Sie setzten sich nahe nebeneinander auf Neles Couch. Nele aufgerichtet und ganz steif, ihr Vater mit zusammengesunkenem Oberkörper, die Hände zwischen die Knie gepresst. Nele wartete mit rasendem Herzklopfen auf das erste Wort.

Aber es schien ihrem Vater schwer zu fallen zu reden. Er schaute Nele von der Seite an, hob vorsichtig eine Hand und strich ihr mit einer unendlich langsamen Bewegung eine Haarlocke aus dem Gesicht. Nele bemühte sich, Fassung zu bewahren.

„Es tut mir Leid, mein Mädchen“, sagte Peter Bruckner schließlich. Er sprach ganz leise, eigentlich war es mehr ein Flüstern. „Du siehst so unglücklich aus. Meine Nele, die früher immer so fröhlich war, sieht jetzt immer ganz blass und ganz unglücklich aus. Es tut mir so Leid, Nele.“

Nele drehte ihr Gesicht dem Vater zu. „Und warum tust du das dann?“, fragte Nele. „Warum kann es nicht einfach wieder so sein wie früher?“

Ihr Vater seufzte. Er hob die Schultern und schaute seine Tochter hilflos an. „Es geht nicht, Nelekind. Ich hab es ja versucht, wirklich. Davon wisst ihr ja gar nichts. Gerade wegen euch fällt es mir ja so schwer. Es hat ja mit dir und Jan gar nichts zu tun“, fuhr Peter

Bruckner fort. „Es ist doch nur eine Sache zwischen deiner Mutter und mir.“

Nele schluckte. „Aber Mami hat gesagt, du liebst uns nicht mehr.“

„Das hat sie gesagt?“, fragte Peter Bruckner entsetzt. „Aber wie kann sie so etwas sagen!“

„Liebst du uns denn noch?“, fragte Nele zaghaft.

Ihr Vater schaute sie an, streckte plötzlich beide Arme nach ihr aus und zog sie an sich und wiegte sie in seinen Armen so wie früher, wenn Nele unglücklich gewesen war. Ein Strom von Tränen löste sich in ihrem Inneren.

„Ich bin so unglücklich, Papi“, flüsterte sie, während sie versuchte, die Tränen zurückzudrängen.

„Ich weiß, Nelekind. Ich bin auch unglücklich. Ich hab das nicht gewollt, das musst du mir glauben. Ich habe gehofft, dass alles wieder gut wird. Ach, ich weiß nicht, was ich eigentlich gehofft habe. Eins musst du wissen: Ich werde immer für dich da sein, was auch geschehen mag. Und selbst wenn Mami und ich irgendwann einmal nicht mehr zusammenleben sollten, dann bin ich doch immer noch dein Papi, der dich unheimlich lieb hat. Ich möchte, dass du das nie vergisst.“

Nele wischte die Tränen mit dem Handrücken ab. Sie schaute ihren Vater an. „Jetzt fühle ich mich ein klitzekleines bisschen besser“, meinte sie dann matt.

Beim Abendessen saßen sie so verkrampft am Tisch wie eine Gruppe von einander Wildfremden, die für den Filmregisseur Familie spielen musste.

Das stimmt doch alles gar nicht, dachte Nele, das ist doch alles verlogen und unecht! Sie schaute ihrem Vater zu, der Rotwein einschenkte für seine Frau und sich und Limonade für Nele und Jan. Sie sah zu, wie ihre Mutter die Schinkenröllchen auf dem Teller hin und her schob, wie Jan mit einem ganz schmalen Gesicht und ganz weißer Nase unentwegt einen Punkt auf dem Tisch fixierte, so als habe er Angst, einem aus der Familie in die Augen zu blicken.

Jan hatte auch etwas geschenkt bekommen: eine Taucherbrille. Das Päckchen, das Peter Bruckner seiner Frau überreicht hatte, lag nun unangetastet neben ihrem Teller. Nele schätzte, dass es ein Parfüm war. Und sie überlegte sich, dass ihre Mutter dachte: Das Parfüm hat die andere Frau ausgesucht. Nele fühlte sich so elend wie lange nicht.

„Soll ich Musik machen?“, fragte sie, als das Schweigen unerträglich wurde.

„Nein! Nein!“, sagte Frau Bruckner heftig. „Diesen grässlichen Lärm ertrag ich nicht.“

„Musik ist doch kein Lärm“, protestierte Jan. Es war der erste Satz, den er an diesem Abend von sich gab.

Peter Bruckner sagte: „Das erinnert mich an den Abend im *La Coupole*. Das ist dieses berühmte Restaurant am Boulevard Montparnasse, da ...“

Frau Bruckner hob den Kopf. Sie starrte ihren Mann an. „Hör auf“, sagte sie. „Hör bitte sofort auf.“

Jan warf die Serviette auf den Tisch. „Ich muss noch was für die Englischarbeit lernen“, sagte er. „Kann ich mein Glas mit raufnehmen?“

Die Eltern nickten nur.

Nele seufzte und stand auch auf. „Soll ich abräumen?“, fragte sie.

Ihre Mutter schüttelte den Kopf. Sie hatte ihr Gesicht mit den Händen bedeckt.

„Ich mach das schon. Später“, sagte Neles Vater. Er lächelte Nele zu, aber sie war nicht fähig, dieses Lächeln zu erwidern.

Sonntag fuhr Nele zu Carla. Es regnete, und sie blieben in Carlas Zimmer und hörten die neuesten Platten. Carla erzählte, von der Schule, von dem neuen Café, von einem Jungen, der sie im Schwimmbad angesprochen hatte, von dem Pickel auf ihrer Kinnspitze, der immer dicker wurde, von dem Pulli, der beim Waschen eingelaufen war, erzählte, erzählte, und Nele hörte das alles wie durch einen Wattenebel. Sie hörte es, nickte, sagte etwas, hörte aber auch das wieder nicht. Jedes Mal, wenn Carla eine Pause machte und Nele anschaute und fragte: „Woran denkst du?“, schüttelte Nele den Kopf und sagte: „An nichts. An gar nichts.“

„An nichts? Man kann doch nicht an nichts denken!“

„Doch“, sagte Nele, „kann man. Wenn man es lange genug trainiert.“

„Aber das ist doch Quatsch! An nichts denken ist doch bescheuert.“

„Manchmal ist das viel besser, als an irgendetwas Bestimmtes zu denken“, sagte Nele. „Zum Beispiel daran, was meine Eltern jetzt besprechen.“

Gleich nach dem Frühstück waren sie ins Auto gestiegen und weggefahren. Nele war sicher, dass sie nur wegfuhren, um in Ruhe miteinander reden zu können. Aus Angst, dass Nele oder Jan sie sonst belauschen könnten. So weit war es also mit der Familie gekommen. Man versteckte sich voreinander.

Man hatte Geheimnisse. Jeder vor jedem.

Nele hatte auch ein Geheimnis, das hieß Chris. Und das versteckte sie auch. Sogar vor Carla.

Sie hatte plötzlich das Gefühl, dass sie etwas brauchte, was nur ihr gehörte, etwas Heiles, Schönes. Und es kam ihr vor, als würde das Schöne sofort kaputtgehen, wenn sie mit jemandem darüber sprach.

Alles ging so schnell kaputt. Alles.

Sie musste immerzu an ihre Mutter denken, die das mit der zerbrochenen Suppenschüssel gesagt hatte. Seitdem fühlte Nele sich wie ein Mädchen, das mit bloßen Füßen über Scherben gehen musste.

Nur aufpassen, dass man sich nicht schneidet.

Nur aufpassen, dass es nicht blutet.

„Woran denkst du?“, fragte Carla. Sie beugte sich vor und schaute ihre Freundin an. Carla trug wieder eine ihrer leuchtenden Tüllschleifen im Haar. Sie hatte die Lippen geschminkt und die schönen schwarzen Augen mit einem Kajalstift umrandet. Sie sah aus wie ein Fotomodell. Und dennoch spürte Nele zum ersten Mal keinen Neid, dass Carla so schön war.

„Woran denkst du?“, wiederholte Carla. Ihre Augen wanderten über Neles Gesicht.

„An nichts“, sagte Nele. „Wirklich.“

Irgendetwas musste passiert sein. Nele spürte es sofort, als sie nach Hause kam. Die Luft war wie elektrisch geladen, wie an einem dieser schwülen Sommerabende, wenn einem der Schweiß den Rücken herunterläuft und man nur darauf wartet, dass das erlösende Gewitter kommt.

Neles Mutter kam gerade mit Bettzeug die Treppen herunter. Schweigend ging sie an Nele vorbei, reagierte auch nicht, als Nele schwach „hallo, Mami" sagte. Sie ging mit dem Bettzeug durch die Halle, den schmalen Flur hinunter, von dem die Treppe zum Keller hinabführte, vorbei an der Tür zur Garderobe und zur Gästetoilette, bis zu dem kleinen Raum, der als Gästezimmer diente und gleichzeitig als Bügelzimmer und Rumpelkammer.

Nele folgte ihrer Mutter. „Was tust du denn, Mami?", fragte sie.

„Das siehst du doch. Ich mache das Bett."

„Kommt Besuch?", wollte Nele wissen.

Frau Bruckner lachte trocken. „So kann man das auch nennen. Euer Vater ist ja nur noch zu Besuch hier. Da reicht für ihn das Gästezimmer."

Nele starrte ihre Mutter an. „Papi soll hier unten schlafen?", fragte sie fassungslos.

„Ja, wieso nicht? Das ist doch ein anständiges Zimmer. Es hat ein schönes großes Fenster, ist ruhig und bequem, und das Bett hat eine neue Matratze."

Nele schwieg. Sie schaute ihrer Mutter zu, die das Betttuch über die Matratze spannte. „Will Papi etwa hier unten schlafen?", fragte sie schließlich.

„Keine Ahnung, ob er will. Ich habe ihn nicht gefragt." Neles Mutter warf das Kopfkissen und die Bettdecke auf das Bett. „Ich frage mich, warum ich überhaupt so dumm bin, für ihn das Zimmermädchen zu spielen. Das kommt eben davon, wenn man jahrelang immer nur die Haushälterin der Familie gewesen ist. Das gewöhnt man sich nicht so schnell ab."

Nele zog es vor zu verschwinden. Als sie am Wohnzimmer vorbeiging, sah sie ihren Vater. Er saß vornübergebeugt im Sessel, die Hände zwischen den Knien, und starrte auf den Fußboden. Nele zögerte. Sie überlegte, ob sie etwas sagen sollte. Ob sie zu ihrem Vater ins Zimmer gehen sollte. Aber dann dachte sie: Vielleicht will er mich gar nicht sehen? Vielleicht will er allein sein ...

Von diesem Tag an änderte sich das Leben vollkommen. Morgens wurde nicht mehr gemeinsam gefrühstückt. Jeder trug seinen Teller an den Esstisch; manchmal blieb Nele auch gleich in der Küche und löffelte ihr Müsli im Stehen. Es war ihr lieber, als das versteinerte Gesicht der Eltern zu sehen. Seit Tagen schon hatten die beiden kaum mehr ein Wort miteinander gewechselt. Beide sahen bleich aus, hatten Ringe unter den Augen und rauchten unablässig. Überall standen Aschenbecher mit halb ausgedrückten Zigaretten herum, die weiter vor sich hin kokelten. Nele hatte das Gefühl, dass sie jeden Tag wirklich Stunden damit verbrachte, den Zigarettenrauch aus der Wohnung zu bringen.

Mittags, wenn Nele und Jan aus der Schule heimkamen, lag jetzt oft nur noch ein Zettel auf dem Küchentisch: „Im Kühlschrank ist ein Topf mit Gulasch. Macht euch Makkaroni dazu – zehn Minuten kochen!

Lass das Fleisch nicht anbrennen. Ich bin am Nachmittag zurück. Küsschen. Mami."

„Ganz schön blöd", knurrte Jan, wenn er einen dieser Zettel las. „Früher war immer alles fertig, wenn wir nach Hause kamen."

„Du hast doch gehört, was Mami gesagt hat", gab Nele dann zur Antwort.

„Ne", sagte Jan störrisch. „Hab ich nicht."

„Sie hat gesagt, dass sie keine Lust hat, im Haus herumzusitzen und darauf zu warten, dass sie alt wird."

„So ein Quatsch! Sie ist doch jung!", sagte Jan entrüstet.

Nele erwiderte nichts. Sie konnte schon ein bisschen verstehen, wie ihre Mutter sich fühlte. Dass ihre Mutter unsicher war und Angst hatte vor der Zukunft. Angst davor, allein zu sein und nichts für sich zu haben. Deshalb besuchte sie die Volkshochschule und ging in Kurse auf der Kunstakademie. Sie wollte in ihren alten Beruf zurück, wollte wieder Goldschmiedin werden.

„Versteh ich nicht", sagte Jan. „Ich würde freiwillig auf keine Schule gehen. Und Goldschmiedin? Wieso denn das? Sie hat doch genug Schmuck."

„Darum geht es doch nicht, Jan!"

Jan schaute Nele trotzig an und schwieg.

Abends war ihr Vater meistens nicht da. Er kam immer sehr spät, wenn sie schon gegessen hatten. Aber manchmal saßen Jan, Nele und ihre Mutter noch am Abendbrottisch, wenn die Haustür aufging, und dann sagte Frau Bruckner: „Nele, frag deinen Vater, ob er schon gegessen hat."

„Frag ihn doch selbst“, gab Nele wütend zurück.

Aber Frau Bruckner warf ihrer Tochter solch einen Blick zu, dass Nele stumm aufstand, ihrem Vater entgegenging und sagte: „Hast du schon was gegessen? Es steht noch alles auf dem Tisch.“

Peter Bruckner lächelte dann, strich Nele zärtlich über die Haare und sagte: „Danke, Nele. Ich habe keinen Hunger. Ich geh gleich in mein Zimmer. Gibt es etwas Besonderes? Geht es dir gut?“

„Ja, prima“, log Nele dann jedes Mal.

Das schien ihren Vater irgendwie zu beruhigen. Sein Lächeln wurde etwas gelöster. Und dann fragte er: „Und Jan? Auch alles klar?“

„Ich glaube schon“, sagte Nele.

„Gut. Ihr wisst ja, dass ihr immer zu mir kommen könnt, wenn ihr Probleme habt“, sagte Herr Bruckner. Und als Nele nichts erwiderte, schaute er sie eindringlich an und sagte: „Das weißt du doch, oder? Ich bin dein Papi. Ich hab dich lieb. Und wenn du Kummer hast, kannst du jederzeit zu mir kommen.“ Er deutete auf das Gästezimmer. „Die Tür ist immer offen. Für jeden in der Familie.“

Nele nickte. Sie wünschte, ihr Vater würde aufhören, mit ihr zu reden, sie wünschte, jemand würde einfach den Theatervorhang fallen lassen und sein Clownsgesicht ihr entgegenstrecken und die Zunge rausstrecken und lachend sagen: „Ätsch! War ja alles nur Spaß! War ja alles nur Theater!“

Aber niemand sagte das, und Nele wusste, dass es bitterernst war. Manchmal überlegte sie, ob sie ihren Vater nicht mal abends in seinem Zimmer besuchen sollte, um mit ihm zu reden. Sie stellte sich vor, dass er einsam war. Sie stellte sich vor, dass es ihm schlecht ging. Wenn sie nachts aufwachte, hörte sie seine Schritte im Haus und sein leises, nervöses Husten. Und manchmal saß er nachts im Wohnzimmer und hörte Musik. Haydn und Mozart, seine Lieblingsplatten, aber so leise, dass er niemanden störte.

Ihre Mutter hatte die Schlafzimmertür immer abgeschlossen. Nele wusste nicht, was ihre Mutter dachte.

Morgens kam sie zu Nele ins Zimmer und sagte: „Du kannst jetzt ins Bad. Wenn ihr fertig seid, du und Jan, dann könnt ihr eurem Vater Bescheid sagen."

So war das jetzt.

Nele wartete nur noch auf den Tag, wo die beiden eine Mauer mitten durch das Haus ziehen würden oder im Kühlschrank eine Pappscheibe als Trennung hinstellten, dann könnte jeder seine Butter, seine Milch und seine Wurst für sich haben. Einmal hatte sie einen Film von zwei alten Eheleuten gesehen, die seit zwanzig Jahren nicht mehr miteinander redeten und sich immer nur mit Hilfe kleiner Zettel unterhielten. In dem Haus gab es überhaupt keinen Laut mehr, man hörte nie eine Stimme. Es war wie der Tod. Nele hatte jede Nacht Albträume, aus denen sie schweißgebadet erwachte. Manchmal hatte sie einen ganz trockenen Mund, so als habe sie lange geschrien. Manchmal wachte sie auf und ihr Gesicht war nass von Tränen.

Chris holte sie in dieser Zeit zweimal ab, um einen Spaziergang zu machen. Er fragte Nele, wie es zu Hause lief. Aber Nele mochte ihm nicht die Wahrheit sagen, sie schämte sich. Sie schämte sich vor Chris, dass ihre Familie so schlimm war, so chaotisch. Lieber wollte sie über etwas ganz anderes sprechen, aber sie konnte an nichts anderes denken. Und Chris trottete neben ihr her und manchmal nahm er ihre Hand und presste sie.

Dann dachte Nele: Vielleicht versteht er mich. Vielleicht versteht er, wie schlecht es mir geht.

Beim Abschied lächelte Chris sie an. „Bestimmt hast du das bald überstanden“, sagte er. „Dann geht es dir besser. Und dann machen wir uns ein tolles Leben, ja?“

Nele lächelte schwach. Sie konnte sich nicht vorstellen, wie man eine solche Situation überstehen konnte. Aber sie lächelte dennoch und nickte.

„Ich schätze“, meinte Chris, „dein Vater wird bald genug haben von dieser anderen Frau. Und dann wird alles so, wie es einmal war.“

„Glaubst du das wirklich?“, fragte Nele zweifelnd.

Chris hob verlegen die Schultern. „Ich weiß nicht“, sagte er. Und dann fügte er ehrlich hinzu: „Wahrscheinlich geht das im Leben gar nicht so. Mit Happyend.“

„Früher habe ich immer gedacht, dass alle Geschichten ein Happyend haben müssen“, sagte Nele. „In der Bücherei habe ich mir ein Buch erst ausgeliehen, wenn ich wusste, dass es gut ausgeht. Danach habe ich immer als Erstes gefragt. Und erst, wenn ich das wusste, hab ich angefangen zu lesen. Das ist verrückt, nicht? Aber wenn man sieht, wie es wirklich im Leben ist, dann möchte man sich überhaupt nicht verlieben. Wenn man sieht, wie man dabei leiden muss. Meine

Mami und mein Papi tun mir beide Leid. Mir ist das egal, wer Schuld hat."

„Meistens haben beide Schuld, wenn's kaputtgeht", sagte Chris.

Nele schaute ihn an. Sie musste plötzlich lächeln. „Das klingt immer so unheimlich schlau, was du sagst. Woher hast du eigentlich deine Weisheiten?"

Chris tippte sich an den Kopf. „Daher. Ich leiste mir halt den Luxus und denk manchmal ein bisschen über das Leben nach, weißt du."

Nele schaute ihn an. „Damit hab ich auch gerade angefangen", sagte sie. „Wohl oder übel."

Allmählich kam es immer häufiger vor, dass Nele im Gesicht ihrer Mutter die ersten Anzeichen eines Lächelns wieder entdeckte. So eine besondere Fröhlichkeit und Zärtlichkeit, die vielleicht nur einen Augenblick dauerte und dann hinter der angespannten Maske wieder verschwand. Aber Nele war schon froh über diese kleinen Augenblicke. Sie saß ihrer Mutter oft gegenüber und beobachtete sie. Sie zwang sich, ihre Mutter auszufragen nach der Volkshochschule, nach der Kunstakademie. Und immer, wenn ihre Mutter darüber sprach, wirkte sie ganz anders. Viel weniger unglücklich. In solchen Augenblicken schöpfte Nele immer wieder neue Hoffnung. Vielleicht wird doch noch alles gut, dachte sie. Jutta Bruckner behandelte Nele jetzt anders, mehr wie eine Freundin, wie eine Gleichaltrige.

„Ich habe sonst niemanden, mit dem ich darüber reden kann", sagte sie immer mit einem entschuldigenden Unterton. „Dein Vater und ich, wir haben ja immer alles zusammen gemacht. Ich hab überhaupt keine Freundin, bei der ich meine Sorgen mal abladen könnte. Deshalb musst du dir das immer alles anhören, Nelekind.“

Nele lächelte dann tapfer und sagte, dass es ihr nichts ausmache.

Aber ihre Mutter wusste natürlich, dass es nicht stimmte. Dennoch redete sie immerzu über ihre Ehe, über die Familie. Wie schön am Anfang alles gewesen war, besonders in der Zeit, als sie noch gar nicht so viel Geld hatten und in der kleinen Wohnung lebten. Als alles noch im Aufbau war. „Wir waren so glücklich miteinander“, sagte Neles Mutter. „Wenn uns damals jemand gesagt hätte, eines Tages ist das alles vorbei – ich hätte den für einen Schwachkopf gehalten.“ Manchmal sagte sie auch: „Vielleicht war ich gar nicht die richtige Frau für deinen Papi. Vielleicht hätte er eine andere gebraucht, eine aus derselben Branche. Die ihn viel besser versteht mit seinem Reisebürokram. Mich hat schon immer das Künstlerische viel mehr interessiert. Aber dein Vater ist ein richtiger Kaufmann. Dem machen Zahlen Spaß. Das hab ich nie verstanden, nachvollziehen können. Vielleicht haben wir überhaupt nicht zusammengepasst.“

„Das glaube ich nicht“, sagte Nele. „Ihr passt doch toll zusammen.“

Jutta Bruckner lächelte wehmütig. „Ach, Nele“, sagte sie nur. „Ach, Nele.“

Und dann kam Nele sich wieder ganz klein und kindlich und unheimlich naiv vor.

Und dann kam dieser Sonntagmorgen.

Nele war in der Küche und stellte gerade die Kaffeemaschine an, als ihre Mutter herunterkam. Sie sah aus wie ein Gespenst. Mit wachsbleichem Gesicht und riesengroßen, geweiteten Augen.

Es bereitete ihr Mühe, richtig zu sprechen. Sie musste sich erst mit der Zunge über die Lippen fahren, musste sich räuspern, und nachdem sie dreimal einen Anfang gemacht hatte, sagte sie schließlich mit einer ganz heiseren, fremden Stimme: „Dein Vater und ich, wir müssen mit euch sprechen, Nele."

„Worüber?", fragte Nele erschrocken. Schon wieder tat ihr der Magen so weh, als habe man ihr eine brennende Flüssigkeit durch den Hals geschüttet. „Was ist denn los?"

Ihre Mutter schaute sie an. Ihr Blick hatte so etwas Verzweifeltes, Flehendes.

Nele wurde ganz schlecht von dem Blick. „Mami!", sagte sie verzweifelt. „Was ist denn los?"

Aber ihre Mutter schüttelte nur den Kopf. „Sag Jan Bescheid. Wir warten im Wohnzimmer auf euch."

Nele stürzte nach oben. Sie rüttelte Jan wach, der aus dem tiefsten Schlaf aufschreckte und wie immer wütend um sich schlug.

„Hey", brummte er. „Heute ist doch Sonntag!"

„Du musst aufstehen, Jan! Mami und Papi wollen mit uns reden."

Etwas in Neles Stimme ließ Jan zusammenzucken. Er starrte seine Schwester an. „Mami und Papi?", fragte er lauernd. „Beide zusammen?"

Nele nickte.

Jan stieg aus dem Bett. Er angelte sich das T-Shirt, das über dem Stuhl hing, und zog es sich über den Kopf. „Hast du eine Ahnung, worum es geht?"

„Nein", sagte Nele. Sie seufzte.

Jan warf ihr einen forschenden Blick zu. „So schlimm?", fragte er.

Nele nickte. Sie presste ihre Hand auf den Magen.

„Okay", sagte Jan. „Gehen wir."

Als sie ins Wohnzimmer traten, saßen Herr und Frau Bruckner sich in den Sesseln gegenüber. Es kam Nele vor, als hätten sie diese noch weiter auseinander gerückt, so weit wie möglich. Neles Mutter rauchte und starrte an die Decke. Ihr Vater fuhr sich ununterbrochen mit den Fingern durch die Haare. Als Nele und Jan auftauchten, sprang er auf und lief mit ausgestreckten Armen auf die beiden zu.

„Setz dich wieder hin", fuhr ihn Frau Bruckner an. „Wir haben doch ausgemacht, dass wir sie nicht beeinflussen wollen. Ich bin ja auch sitzen geblieben."

Sofort blieb Herr Bruckner stehen, ließ die Arme sinken und nickte. „Gut", sagte er leise. „Gut, gut." Er drehte sich um und ging auf seinen Platz zurück.

„Was ist los?", fragte Jan. In seiner Stimme lag Panik. „Was soll das?"

Nele konnte nicht sprechen. Ihr war nur noch übel. Sie fühlte, wie sich um sie herum alles zu drehen begann, und instinktiv fasste sie nach der Hand ihres Bruders. Sie war eiskalt.

Peter Bruckner räusperte sich. Er schien Probleme mit seiner Stimme zu haben. Seine Lippen waren weiß und vollkommen ausgedörrt, als er seine Frau fragte: „Willst du es ihnen sagen?"

Jutta Bruckner schüttelte den Kopf. „Ich?", sagte sie zornig. „Wieso ich? Das ist doch dein Wunsch! Deine Idee. Oder bist du etwa auch dazu zu feige?"

Peter Bruckner schloss gequält die Augen. Als er sie wieder öffnete, schaute er Nele direkt und ruhig in die Augen.

„Nele", sagte er. Und dann, zu Jan gewandt: „Jan, mein Sohn."

Nele hielt immer noch Jans Hand. Sie spürte, wie seine Finger sich verkrampften.

Jan starrte seinen Vater an, mit diesen leuchtenden, intensiven Augen, als wolle er ihn hypnotisieren. Als wolle er seinen Vater davon abbringen weiterzureden. „Sag nichts", flüsterte Jan, „bitte, Papi, sag es nicht."

Nele war nicht sicher, ob ihr Vater Jan überhaupt gehört hatte. Sie war überhaupt nicht sicher, ob in diesem Raum irgendeiner fähig war, die Worte des anderen zu verstehen und zu begreifen. Alle waren so verdammt mit sich selbst beschäftigt, mit ihrem eigenen Selbstmitleid, in dem sie herumwühlten. Was für eine grässliche Familie, dachte Nele. Was für ein Chaos.

Peter Bruckner räusperte sich jetzt heftiger. „Also, es hat ja keinen Zweck, um den heißen Brei herumzureden. Ich will es kurz machen, um uns so viel Schmerz wie möglich zu ersparen."

„Ha!", sagte Frau Bruckner nur. Nele dachte, gleich fängt sie an zu schreien. Aber Frau Bruckner sackte nur etwas mehr in sich zusammen.

„Eure Mami und ich werden nicht mehr zusammenleben“, sagte Peter Bruckner. „Wir haben festgestellt, dass es besser für uns beide ist, wenn wir getrennt leben.“

„Für uns beide?“, fragte Jutta Bruckner. „Mein Gott, wie leicht du es dir wieder machst!“

Peter Bruckner reagierte nicht auf den Einwurf seiner Frau. Er wandte sich an Nele und Jan. Seine Augen wanderten immerzu zwischen den beiden Gesichtern hin und her. „Natürlich möchten eure Mami und ich nicht, dass ihr unter der Trennung leidet. Wir wollen es euch so einfach wie möglich machen.“ Er fuhr sich mit den Händen über die Stirn. „Wir wollen euch nicht vorschreiben, wie eure Zukunft aussehen soll. Deshalb sollt ihr, weil ihr ja große, vernünftige Kinder seid, selbst entscheiden, ob ihr lieber bei eurer Mami oder bei mir leben wollt.“

Er hatte aufgehört zu reden, aber Nele war nicht fähig, seine Worte zu begreifen. Was hat er gesagt?, dachte sie verzweifelt. Was will er? Was für eine Entscheidung? Was für eine Zukunft meint er eigentlich?

Jan bewegte sich als Erster. Er ließ Neles Hand los und stürzte mit weichen Knien auf seinen Vater zu. Er warf sich ihm in die Arme, und plötzlich wurde sein ganzer Körper von einem hilflosen, verzweifelten Schluchzen geschüttelt. „Papi“, rief er, „ich will das nicht! Ich will, dass ihr zusammenbleibt! Bitte, Papi.“

Einen Augenblick konnte Nele gar nicht an das eigene Elend denken. Sie musste nur immerzu ihren kleinen Bruder anschauen, diesen Jungen, der sich gerne so kaltschnäuzig gab und der vielleicht genauso gelitten hatte in den letzten Wochen wie sie – nur, dass er es nicht gezeigt hatte.

Peter Bruckner küsste und streichelte und tröstete Jan. „Mein Junge“, flüsterte er immer wieder, von Gefühlen überwältigt, „ach, meine Junge. Ich hab dich doch lieb. Weißt du nicht, dass ich dich lieb habe?“

Jetzt schaute Frau Bruckner Nele an. Nele hatte noch niemals in den Augen eines Menschen so viel Verzweiflung, so viel Entsetzen gesehen. Frau Bruckner sagte: „Und du, Nele? Willst du mich etwa auch verraten? Willst du deine Mutter etwa auch alleine lassen? Ja?“

Jan richtete sich auf. „Aber ich will dich doch nicht alleine lassen, Mami!“, schrie er in höchster Panik. „Ich will euch doch beide! Ihr sollt zusammenbleiben! Ich will, dass ihr zusammenbleibt. Wir sind doch eine Familie!“, rief er, sich die Tränen aus dem Gesicht wischend. „Bitte! Bitte!“ Er warf sich auf den Teppich, rollte sich wie ein Igel zusammen und blieb da liegen, und dann stürzten sich beide auf ihn, der Vater und die Mutter.

Und Nele, die sich immer noch nicht vom Fleck gerührt hatte, dachte: Gleich sterbe ich. Ich kann nicht mehr. Ich halte das nicht aus. Mein Herz platzt. Mein Kopf zerspringt. Sie öffnete den Mund, weil sie dachte, sie könnte vielleicht schreien – so ein lauter tierischer Verzweiflungsschrei, mit dem all das Entsetzen aus ihrem Innern herauskommen würde. Aber sie konnte nicht schreien. Nicht einmal das. Sie drehte sich um und wankte aus dem Zimmer, während ihr Vater und ihre Mutter beide auf Jan einredeten, ihn streichelten –

und der arme Junge die Hände über den Kopf hielt, weil er ihre Küsse nicht ertrug. Und ihr Gerede. Und weil er nicht wusste, was er machen sollte.

Nele lag in ihrem Bett, das vollkommen nass geschwitzt war. Wenn sie die Augen öffnete, brannte ein Schmerz in ihr, der sie für ein paar Sekunden wieder ohnmächtig werden ließ. Ihr Kopf glühte, ihr Rücken war wie Feuer, aber ihre Beine fühlten sich an, als steckten sie in einem Eisblock. Sie zitterte vor Kälte und glühte dabei gleichzeitig.

„Nele“, sagte eine ruhige, sanfte Stimme, die ihr irgendwie bekannt vorkam, „Nele, wach auf! Schau mich an. Komm, Mädchen, mach die Augen auf.“

Sie spürte eine angenehme Kühle und eine weiche Hand an ihrem Hals, und sie wagte, die Augen einen kleinen Spalt zu öffnen. Über ihr war das Gesicht von Dr. Franzel.

Dr. Franzel war der Hausarzt, aber weil so lange in ihrer Familie keiner krank gewesen war, konnte Nele sich überhaupt nicht mehr richtig an ihn erinnern.

„So“, sagte er lächelnd. „Jetzt weißt du, wer ich bin, nicht?“

Nele nickte schwach. Sie schloss erschöpft wieder die Augen.

„Du bist sehr erschöpft gewesen, Nele“, sagte der Arzt sanft. „Du bist immer noch sehr erschöpft. Weißt du, dass du vier Tage lang geschlafen hast?“

„Geschlafen?“, flüsterte Nele.

„Nun, ich habe ein bisschen nachgeholfen. Es war das Beste, was ich in deinem Fall tun konnte. Deine Eltern machen sich große Vorwürfe. Ich habe ihnen gesagt, dass ein junger Mensch so etwas nicht aushält. Dass deine Psyche da nicht mitmacht."

„Und was haben sie geantwortet?", fragte Nele leise. Dr. Franzel hob ihren rechten Arm hoch, um den Puls zu fühlen. Nele fand seine kühle weiche Hand so angenehm, dass sie dachte, hoffentlich geht er nicht weg. Hoffentlich lässt er mich nicht allein.

„Was sollen sie schon antworten?", erwiderte Dr. Franzel. „Sie wissen ja selbst, was sie getan haben. Deine Eltern haben ein schlechtes Gewissen, natürlich. Besonders deine Mutter. Sie hat ihre ganzen Probleme einfach auf dich abgewälzt. Jetzt weiß sie, dass es ein Fehler war. Nun tut es ihr Leid. Jetzt sag mir, Nele, hast du irgendwo Schmerzen?"

Nele horchte in sich hinein. Hatte sie irgendwo Schmerzen? Sie kam sich eher vor wie ein Mensch, dem man die Haut abgezogen hatte. Wie einer, den man gewendet hatte, das Innere einfach nach außen gestülpt. Sie kam sich vor wie eine große, offene, blutende Wunde. Ob man sich so fühlte, wenn einem das Herz wehtat?

„Ich weiß nicht", murmelte Nele unsicher. „Mir tut alles weh, glaube ich. Oder gar nichts richtig. Bis auf meinen Kopf. Da schlägt immerzu ein Hammer gegen die Stirn. Immerzu. Kann man etwas dagegen tun?"

„Du wirst noch ein bisschen schlafen müssen", sagte der Arzt. „Oder willst du deine Eltern sprechen, solange du noch wach bis? Sie warten draußen."

„Beide?", fragte Nele.

„Ja, natürlich. Dein Vater sagt, er will nicht weggehen, bevor du nicht wieder gesund bist."

Nele schloss die Augen. „Ich will sie nicht sehen", murmelte sie und drehte den Kopf weg. „Ich will niemanden sehen."

Als sie das nächste Mal aufwachte, saß Jan an ihrem Bett. Er hatte sich über sie gebeugt und hypnotisierte sie mit seinen hellen, durchdringenden Augen.

„Nele", flüsterte er, „bist du wach? Komm, mach die Augen auf! Ich weiß doch, dass du wach bist!"

Mühsam, unter großer Anstrengung, hob Nele ihre Lider, die ganz geschwollen und verklebt waren. Sie schaute ihren Bruder an. Er saß da, schmal und blass, und starrte in ihre Augen.

„Hallo, Kleiner", sagte Nele schwach. Sie versuchte zu lächeln, und schon warf sich Jan über ihr Bett, mit ausgebreiteten Armen. „Ich wollte dir nur sagen, ich bleib bei Mami", flüsterte er. „Ich hab mir das überlegt. Ich will nicht mit dieser anderen Frau leben. Kannst du bitte auch bei Mami bleiben, ja? Dann sind wir wenigstens noch ein bisschen eine Familie."

Nele hob die Arme unter der Bettdecke hervor. Sie tasteten nach Jans Kopf. Sie streichelte seine Haare und drehte kleine Kringelchen aus den einzelnen Strähnen. „Okay, Kleiner", murmelte sie, „wir bleiben zusammen. Okay. Du kannst Mami Bescheid sagen."

„Willst du es ihr nicht selber sagen?"

Nele schüttelte den Kopf. „Nein", flüsterte sie. „Nein. Ich will sie nicht sehen. Nicht jetzt. Ich glaube, ich bin ziemlich krank, ja."

Jan richtete sich sofort auf. „Das hat Doktor Franzel auch gesagt. Ich haue jetzt besser wieder ab."

Eine Woche dauerte es, bis Nele sich wieder wohler fühlte. So gut, dass sie Lust hatte, ihre Haare zu waschen und ein bisschen Lipgloss aufzutragen. So gut, dass sie sich den Walkman ans Ohr tun konnte und die schönen, sentimentalen Rocksongs hörte.

Der Vater kam jeden Abend, legte ihr Schokolade, Blumen und ein kleines Stofftier aufs Bett, nahm ihre Hände, als seien sie zerbrechlich, und presste sie gegen seine Wangen. „Es tut mir so Leid, Nelekind", flüsterte er jedes Mal. „Du weißt gar nicht, wie Leid es mir tut."

Nele war das peinlich. Sie sah, dass ihrem Vater die Tränen kamen, und sie schloss schnell die Augen. Sie wollte nicht sehen, dass ihr Vater gerührt war. „Schon gut, Papi", murmelte sie jedes Mal verlegen, „schon gut. Mir geht es viel besser."

„Wirklich?", fragte ihr Vater.

Und Nele nickte, damit er sie endlich in Frieden ließ.

Ihr Vater ging wieder fort. Nele hörte das Auto, das sich in der stillen Straße entfernte, und sie fragte sich, wohin er wohl fuhr?

Niemand sagte es ihr.

Ihre Mutter war immer da, immer in der Nähe, wenn Nele etwas brauchte. Aber sie sprach fast gar nicht. Wenn sie Nele anschaute, war in ihrem Blick etwas wie Schuldgefühl, als habe sie ein schlechtes Gewissen.

„Es geht mir schon besser", sagte Nele auch zu der Mutter, „wirklich." Sie sagte das auch, wenn es ihr eigentlich überhaupt nicht besser ging und sie jeden Augenblick in verzweifeltes Schluchzen ausbrechen könnte. Sie fühlte sich so schwach, als sei sie zwei Jahre lang künstlich am Leben gehalten worden.

Zehn Tage später war Chris plötzlich da. Er versteckte sein verlegenes Grinsen hinter einem Strauß bunter Dahlien, die er im Garten für sie gepflückt hatte. Außerdem brachte er ihr einen Stapel Musikkassetten mit. „Ich hab, während du krank warst, alle Musik aufgenommen, von der ich wusste, dass du sie gern hast", sagte er. Er nahm den Korbsessel, zog ihn an ihr Bett, schaute sie forschend an und fragte: „Und? How is life?"

Nele lächelte. „Genau in der Mitte zwischen schrecklich und schön", sagte sie.

„Was ist schrecklich, und was ist schön?"

„Du fragst wie ein Psychiater."

Chris grinste. „Vielleicht hab ich ja Talent für so was."

„Ich denke, du willst ein berühmter Modeschöpfer werden?"

„Mal sehen. Beantworte mir lieber die Frage: Was ist schrecklich, und was ist schön?"

„Schrecklich ist das Chaos in meinem Kopf", sagte Nele. „Das Chaos in dieser Familie, weißt du. Aber schön ist ..." Sie zögerte.

Chris sah sie erwartungsvoll an. „Komm, raus damit! Was ist schön?"

Nele holte tief Luft. „Dass du gekommen bist", sagte sie leise.

Chris stand auf, lugte durch die halb offene Tür, zog sie ganz zu und kam zum Bett zurück. „Die Luft ist rein", flüsterte er. „Glaubst du, ich kann dir einfach einen Kuss geben?"

„Klar", sagte Nele lächelnd. „Wieso nicht?" Sie schloss die Augen und wartete darauf, dass sie seine Lippen auf den ihren spürte.

Ein Jahr später waren Neles Eltern geschieden.

Rechtskräftig, wie es hieß. Das Sorgerecht für Nele und Jan wurde Jutta Bruckner übertragen. Und Peter Bruckner verpflichtete sich, so lange für die Kinder den Unterhalt zu zahlen, bis sie selbst einen Beruf hatten.

Der Tag, an dem Neles Mutter morgens um neun Uhr das Haus verließ, um zum Gericht zu gehen wegen des Scheidungsurteils, war der letzte wirklich schlimme Tag für alle.

Nele hatte gehört, wie ihre Mutter nachts im Haus herumgegeistert war, weil sie nicht schlafen konnte. Immer wieder hatte sie das Knacken des Telefons gehört, wenn ihre Mutter versuchte, Peter Bruckner anzurufen, die ganze Nacht über. Neles Vater hatte inzwischen eine andere Wohnung. Mit dem Bus waren es zwanzig Minuten dorthin. Er hatte Nele einmal eingeladen, aber sie hatte es einfach noch nicht geschafft, ihren Vater da zu besuchen. Sie hatte Angst davor. Aber irgendwann, sagte sie sich immer, werde ich es bestimmt tun. So traf sie sich mit ihrem Vater alle vierzehn Tage in der Pizzeria zum Mittagessen, erzählte von der Schule und ein bisschen von zu Hause und von Jan und stellte selbst so wenig Fragen wie möglich. Wenn sie von diesen Mittagessen nach Hause kam, bestürmte ihre Mutter sie mit Fragen, die Nele immer nur ganz einsilbig beantwortete.

Aber dann, als die Scheidung endlich ausgesprochen war, wurde das Leben ruhiger. Es gab nicht mehr diese dramatischen Weinkrämpfe, und nachts klingelte nicht mehr das Telefon, und Jutta Bruckner sah morgens nicht mehr so elend und traurig aus, wenn sie ihnen das Frühstück machte. Manchmal war sie schon fast wieder so wie früher.

Ganz vorsichtig und zaghaft besserte sich die Stimmung im Haus, von Woche zu Woche.

Der Winter kam, ein neuer Frühling, und als die ersten Forsythien aufblühten, hörte Nele ihre Mutter zum ersten Mal wieder den alten Schlager vom „schönen Gigolo“ singen. Früher hatten sie sich immer darüber lustig gemacht, dass die Mutter so gerne und so falsch sang. Dann, als Jutta Bruckner so lange Zeit überhaupt nicht vor sich hin trällerte, hatte Nele beinahe Sehnsucht danach. Wenn die Mutter sang, war es ein Zeichen dafür, dass es ihr gut ging.

Und nun auf einmal, als Nele abends nach Hause kam, hörte sie das Lied vom „schönen Gigolo“ so schön falsch aus der Küche.

„He, Mami!“, rief Nele. „Was ist los?“ Sie ging in die Küche, wo ihre Mutter gerade den Tisch deckte. Nele hatte ein schlechtes Gewissen, weil sie sich verspätet hatte.

Aber ihre Mutter lächelte sie an und fragte nur: „Warst du bei Chris?“

„Wir haben einen Spaziergang gemacht“, sagte Nele hastig. „Ich habe nicht auf die Uhr geguckt und ...“

„Wo ist er denn jetzt?“, fragte die Mutter, ohne Nele ausreden zu lassen.

„Oben, in meinem Zimmer. Er will nur noch schnell eine Kassette überspielen, dann geht er nach Hause.“

Es war Nele immer ein bisschen peinlich, mit der Mutter über Chris zu sprechen. Sie hatte das Gefühl, dass es ihrer Mutter nicht recht war, dass sie so viel Zeit miteinander verbrachten.

Aber an diesem Tag, als die ersten Forsythien aufgeblüht waren, schien plötzlich alles wie verwandelt.

„Frag deinen Chris doch, ob er Lust hat, mit uns zu Abend zu essen“, sagte sie. „Wollen wir nicht einfach den Frühling ein bisschen feiern? Es gibt Spagetti mit Sahne und Schinken. Mag dein Chris so etwas?“

Nele strahlte. „Ganz bestimmt!“, sagte sie. Und weil sie das Gefühl hatte, dass ihre Mutter noch irgendetwas hinzufügen wollte, blieb sie abwartend stehen.

Ihre Mutter schnitt den Schinken in schmale Streifen. Sie tat einen Klecks Butter in eine Kasserolle und goss etwas Sahne dazu. „Du kannst mal ein bisschen Pfeffer darüber mahlen“, sagte sie.

Nele gehorchte. Als sie nebeneinander am Herd standen, sagte Jutta Bruckner plötzlich: „Ich hab mir heute Morgen überlegt, dass wir eigentlich ganz gut zurechtkommen miteinander, oder nicht? Wir haben ganz schön viel durchgemacht, du und Jan und ich. Aber wir sind verdammt tapfer gewesen, was?“ Sie lächelte Nele an, und Nele lächelte zurück. „Kann sein“, fuhr Jutta Bruckner fort, „dass auch mal wieder schlimme Tage kommen, aber ich glaube, die ganz böse Zeit ist wirklich vorbei. Wir haben jetzt ohne deinen Papi ein anderes Leben. Aber warum soll das nicht auch ein schönes Leben werden?“

Nele schaute ihre Mutter an. Spontan gab sie ihr einen Kuss. „Mami, du bist toll!“, rief sie, drehte sich um und lief nach oben, um Chris zu holen.

STARKE MÄDCHEN

SERIE VON

Brigitte Blobel

Lea will es wissen
Lea ist fassungslos: Ihr Freund flirtet mit einer anderen.

Keine Panik, Jenny
Jenny will nicht nach Berlin umziehen. Ihr einziger Trost ist ihr Hase Momo.

Meike liebt Ken
Meikes Vater hat seinen Job verloren.
Meike ist total überfordert.

Sofies Geheimnis
Sofies Bruder wird vom Leader einer Straßengang erpresst.

Immer wieder Marie
Marie bekommt seit dem Zwischenfall auf der Klassenfahrt nichts mehr auf die Reihe.

Alinas letzte Chance
Alina lebt auf der Straße. Eine Streetworkerin erkennt, dass Alina hinter ihrer coolen Fassade ein dunkles Geheimnis verbirgt.

TRAUMJOBS

Tina Caspari
Nella, 16
Schauspielerin

Angela Schützler
Kim, 16
Sängerin

Ulrich Hoffmann
Iris, 15
Model

Sibylle Luise Binder
Susan, 16
Fernsehstar

Manfred Meding
Hanna, 15
Webdesignerin